一 个 人 ， 遇 见 一 本 书

TopBook
饕书客

竹取物语

御伽草子

王新禧 译

陕西出版集团
陕西人民出版社

图书在版编目（CIP）数据

竹取物语·御伽草子/（日）佚名著；王新禧译
.--西安：陕西人民出版社，2013

ISBN978-7-224-10453-0

Ⅰ.①竹… Ⅱ.①佚… ②王… Ⅲ.①物语文学－作品集－日本 Ⅳ.①I313.1

中国版本图书馆CIP数据核字（2012）第307135号

出 品 人：惠西平
总 策 划：宋亚萍
策划编辑：关 宁
责任编辑：王 倩 关 宁
封面设计：哲 峰 崔 凯

TopBook
饕书客

竹取物语·御伽草子

作　　者　（日）佚名
译　　者　王新禧
出版发行　陕西出版集团　陕西人民出版社
　　　　　（西安北大街147号　邮编：710003）
印　　刷　西安正华印刷科技有限公司
开　　本　850 mm×1168mm　32开　5印张　3插页
字　　数　102千字
版　　次　2013年4月第1版　2013年4月第1次印刷
书　　号　ISBN 978-7-224-10453-0
定　　价　20.80元

译序

一

日本物语文学之祖——《竹取物语》

对于当代读者而言，日本的物语文学应该已十分熟悉。日语中的“物语”一词，意即故事或杂谈。其最早为口头传承，后来发展为文字作品。从平安时代至室町时代流行的传奇小说、和歌式小说、恋爱小说、历史小说、战记小说等，都属于物语文学。而物语文学的鼻祖，便是《竹取物语》。这是第一部以日本自创文字（假名）写成的文学作品，它的出现，突破了以往和歌、汉诗一统文坛的局面，是日本文学由抒情诗向古典小说发展的标志，正式确立了物语作为日本古文学新体裁的地位，开创了文学的新模式，对后世的诗歌、小说、戏曲都有深远的影响。

《竹取物语》又称《辉夜姬物语》、《赫映姬物语》，“竹取”即伐竹之意。此书创作年代和作者皆不详，但从故事内容和相关记录上，可以推断成书于9世纪上半叶至10世纪初，比《源氏物语》还要早了近一个世纪。而作者一般推断为上层阶级的男性，具有较高的佛学与汉学修养，并有积极探索、向往自由的知性精神。此外，日本方面又有研究认为，《竹取物语》是从中国藏族民间故事《斑竹姑娘》演化而来。唐末五代时期在蜀地广泛流传的《斑竹姑娘》，由一个留学唐朝的僧人玄昉传入日本后，某位不知名的作者从中受到艺术的启迪和诱发，以日本当时的现实人物为原型，进行了重新加工，增大其虚构性，添入一些独创情节，并加以艺术润色，此后在流传过程中又经过多次增减修改，最终形成了如今的定本。

《竹取物语》是日本人在童蒙初启时即已熟知的故事，全作由化生、求婚、升天三部分构成，讲述一位伐竹翁从竹筒中得到一个美丽的小女孩，小女孩经三个月后即长大成人，花容月貌，取名“嫩竹之辉夜姬”。五个贵族子弟垂涎辉夜姬的美貌，向她求婚。辉夜姬出难题考验他们，使求婚者全部失败。后来天皇想强娶辉夜姬，也遭到拒绝。最终辉夜姬在凡夫俗子的茫然无措中升天而去。故事自竹而始、以竹贯穿、由竹收尾，语言简洁朴素、结构严谨分明，生动而引人入胜，令读者进入到清丽雅致的古典文学世界中，为那不同凡响的卓异气息而击掌赞叹。

作为一部极具想象力的经典，《竹取物语》通过庸俗的求婚和机智的拒婚，突出了对权势的抗争，以嘲弄、奚落、痛斥的方式，淋漓尽致地揭示了统治阶层的无知和虚伪，对当时的社会弊端进行了讽刺与针砭。作者对人间病象有着深刻认识，但又苦于无力改变，唯有在空灵美丽的梦境中，寄托自己纯净的感情。辉夜姬就是作者极力塑造的至善至美的理想化形象。这样一个在月亮上诞生，落入凡间的美到极点的女子，其身上有着作者诸多的理想化赋予：美丽、聪敏、纯洁、高贵、重情重义，不仅是位蔑视权贵、以智慧挫败觊觎者的高傲少女，还是一位对养父母充满真挚孝心的好女儿。她富贵不能淫、威武不能屈，不染浊世尘垢、怀抱清高之志，可以说，作者将自己的爱憎、情感完全植入在她身上，通过她的言谈举止、一颦一笑，将真实与传奇、浪漫与写实、美好与丑恶、幻灭与永生对立而又和谐地结合在一个整体中，融洽交汇，揭示出人物复杂的内心世界，细腻地表现了她性格中的沉静、忧郁和矛盾。作品最后以升天的洁净与人间的污浊相对比，充满批判意味。

《竹取物语》在创作手法上，吸纳了佛教欣求净土的思想，以及道教飘然出世的神仙思想，具有中国六朝神仙志异的本质要素，带有神奇性，但又不失历史真实性；其语言机巧精细、辞藻华美、对话生动，初步运用了文学的心理描写，并有分寸地把握住人物的基本性格。此外，作品还有节奏地贯串着和歌赠答，形成物语文学作品的典型特征，完全跳脱出了日本传统说话文学的窠臼。尽管还有不足，但以上种种，已使《竹取物语》具有作为小说所应具备的基本要素，这在日本文学史上的意义是十分重大的。

二

日本民间文学之集大成者——《御伽草子》

历史演进到室町时代（14—16 世纪），因南北朝纷争而导致的全国大动荡，使得曾长期占据文坛的贵族文学开始衰落，以民间故事为代表的平民文学得到了高度发展。此类作品的内容大多描写世俗生活、庶民情趣，且篇幅均较短，便于快速阅读，其主要目的就是为了娱乐大众。《御伽草子》即为这些短篇通俗小说的统称。

日语中的“御伽”二字，本意为陪侍、陪伴。“御”是敬语，“伽”的意思是陪无聊者对谈解闷。而“草子”的含义有两种，一为用假名写成的随笔、日记，如著名的《徒然草》、《枕草子》、《土佐日记》等；二指“册子”（分册编写的书），与“卷”相对应，后来演变成为带插图的短篇通俗读物，专供休闲、消遣用。所以“御伽草子”字面上的翻译就是“消遣解闷的故事”。

《御伽草子》之所以从 14 世纪开始，日益受到重视，原因在于其上承中古时代的物语文学，下启江户时代的读本小说，读者层面不限于公卿贵族，而是广泛普及下层武士、僧侣、平民中，比诸宫廷文学的受众要多得多。

由于是民间故事的集合体，所以《御伽草子》的内容来源相当多样，但原作者及创作时代大多不详。主要通过先在民间口耳相传，而后由僧侣、隐士、町人等挑选整理，出版商汇编的形式，流布日本全国。1725 年时，大坂书商涉川清右卫门首先将二十三个民间故事编为《御伽草子》，并以《御伽文库》的名称发行。而其他出版商也制作了自己的版本。渐渐地,任何在室町时代与江户时代初期表现出相同风格的故事,都被视为《御伽草子》。到江户初期时,印行的《御伽草子》故事篇数已达三百篇左右,再加上其他手抄本,流传至今的总篇数大约在五百篇。

《御伽草子》的内容,因作者不再是宫廷贵族,而是市井人物,故而题材也大多转变为具有日本民族特点的民间故事,作品类型亦向多样化发展,可以细分为以下八类:

1. 贵族类。主要受王朝物语文学的影响,根据古代长篇贵族物语所改编的短篇故事。如《忍音物语》、《假寐草子》之仿《源氏物语》;《小落洼》之仿《落洼物语》;《秋月物语》之仿《住吉物语》等。都与前代王朝文学,有着千丝万缕的联系。

2. 僧侣类。多取材于僧侣生活,充满佛教思想和说教色彩。如《秋夜长物语》、《松帆浦物语》、《嵯峨物语》等,写僧侣恋情故事;《御用尼》写破戒僧失败故事;《三法师》、《高野物语》、《为世草子》等,写出家遁世与出家后忏悔故事。

3. 武家类。继承战记物语的豪迈传统,描写武士的英雄故事,比如《横笛草子》、《小敦盛》之仿《平家物语》写源平合战故事;《渡御曹子岛》、《弁庆物语》写源义经故事;《师门物语》、《村松物语》写地方豪族家奴暴动或复仇故事。

4. 神佛鬼怪类。佛教故事、鬼神物语、妖怪退治等,也是大篇幅讲述的重头戏。此类故事的发生背景多为平安时代,那时世界仍明暗未分,人鬼妖魔等杂相共处,形成一个混乱又风雅的时代。其代表作品有《梵天国》、《木幡狐》等；以及《表藤太物语》、《田村草子》、《酒吞童子》之写英雄退治妖怪等。

5. 庶民类。《御伽草子》本身即为迎合庶民娱乐的作品，故其中以农民和町人为主人公，描写庶民生活的作品尤其多。内容包括婚恋嫁娶、滑稽笑话、讽刺寓言、立身出世等。讲述小人物幸运巧遇、出人头地的《文正草子》，是其中的典型代表。

6. 异国异界类。故事舞台扩展至中国、印度、龙宫、蓬莱、天界的作品。代表作为《二十四孝》、《蛤草子》、《浦岛太郎》等。

7. 稚子类。以童话、儿物语为底本的故事，主人公都是少年儿童。如著名的《一寸法师》。

8. 动植物类。主要描写动物、植物的世界，将其拟人化反映人世间的种种悲欢离合。

《御伽草子》内容庞杂、多姿多彩，但它们的共同特点，就是平易单纯、叙述简单，情节单线发展，缺乏对心理状态的细致描写，也缺乏对人物性格的深度刻画。然而其中不少故事也不乏传奇色彩，富有诗意并经常性地引经据典，同时还继承了物语绘卷的传统，在草子中配以诸多绚丽的插画，故而极大地吸引了一般读者的关注，使得《御伽草子》数百年来勃兴不衰，传流至今，依然阅读、研究者众。其中一些经典名篇，更是脍炙人口、家喻户晓。

王新禧

2012 年 5 月 25 日

目录

竹取物语

竹取物语

一

嫩竹中的辉夜姬

昔时，有位伐竹翁，常入山野中伐竹，制成各种竹器贩卖，以此谋生。其名为赞岐造麿。某日，老翁于竹林中望见一根竹子光彩夺目、熠熠生辉，他心中疑惑，遂近前探视，只见竹筒中光芒四射，再定睛细看，原来是一个身长三寸的小美人，栖居其中。老翁道："你既居于我朝夕所见的竹中，自然是上天赐我的孩子。"于是将这孩子捧在掌心上，返回自宅，交给妻子抚养。此女姿容明丽、貌美无双，身材娇小玲珑，老夫妻俩将她养在竹篮中。

老翁自得到此女后，每回入山伐竹，都会在竹节中发现黄金。日积月累，老翁变成了一个富翁。

老妪精心抚育竹中女孩，女孩像笋长成竹子那样，一天天长大，三个月后，已经亭亭玉立，成了一个妙龄少女。老妪为她结髻着裳，宠爱呵护于深闺中，不准出门半步。这女孩的容貌闭月羞花、清丽脱

老夫妻俩将小女孩养在竹篮中

俗，整栋屋子因她而光辉满溢，无一处黑暗。有时老翁心情抑郁，烦恼愁闷，只要一见到这女孩，立时苦痛消散；有时因遇不如意事，怒气勃发，一见这女孩，嗔怒顿止，变得心平气和。

老翁此后依然日日伐竹，所获黄金愈多，终成当地豪富。待那女孩渐渐长大后，老翁自三室户请来斋部秋田给女孩起名。秋田为女孩取名“嫩竹之辉夜姬”，又可写作“赫映姬”。为庆祝女儿得名，老翁大开筵席，请来诸多艺人载歌载舞。周边人家无论男女，皆受邀前来赴宴，整整热闹了三天。

二

求婚的难题

世间男子，无论贵贱，风闻此事，都希望能娶辉夜姬为妻。他们

仅仅听到辉夜姬的芳名，就已神魂颠倒，心中醉慕，爱火炽热难耐，心想哪怕只一睹娇容都好。然而即使是家住辉夜姬家附近，甚至紧邻她家的人，也无法窥见辉夜姬的容颜。那些男子夜难安寝，暗中于墙上凿洞，窥视张看，聊以慰藉。后世管这种行为叫“夜窥”[①]，就是源于此时。

黑夜中，男子们于无人处，踯躅不去，可惜都毫无结果。顶多就是向辉夜姬的家人打打招呼，却没有任何人搭理他们。虽然屡屡碰壁，他们也不气馁，特别是那些公子王孙，更是通宵达旦，日夜守候。当然，也有心志不坚者，知道如此下去，只能徒劳无功，所以不再坚持，转身离去。不过，有五名极好色者，一直不肯罢休，仍然对辉夜姬日思夜想，故而不舍昼暮，持续来访。这五人是：石作皇子、车持皇子、右大臣阿倍御主人、大纳言大伴御行、中纳言石上麻吕。

这种自命风流的人，只要风闻某处有美丽女子，哪怕仅仅是薄有姿色，也想着即刻一见。辉夜姬芳名远播，自然令他们兴奋不已，为之神不守舍、寝食俱废。他们早晚徘徊在辉夜姬家附近，却一无所获。有的寄信于鸿雁，却石沉大海；有的相思成疾，作失恋和歌以赠，亦无声无息。五人虽知种种行为，均属徒然，但恋心不死，无论十一月严寒逼人、十二月天寒地冻，还是时而骄阳似火、时而电闪雷鸣的六月炎夏，都绝不间断地频频来访。

某日，其中一人终于请出老翁，拜伏施礼，恳求道：“请将您的女儿嫁给我吧！”老翁答道：“她非我亲生女儿，婚姻大事我不能替她决

---

①原文写为“夜這い（よばい）”，直译是私通之意。“夜這い”指日本古代的一种婚姻形式，称为“访妻婚”或“妻问婚”，盛行于大和时代，一直延续至平安时代。这种婚姻是夫妇别居，男女各自住在自己家中，男方在晚上潜入女方家，短则翌日清晨离开，长则在女家逗留多日。所生子女随母亲生活，而男性则负责妻儿的生活费。这种婚姻形式，主体双方处于一种松散结合的关系，相互间并不需要信守婚姻的誓约，男性往往同时有多名妻子，妻子则拥有择夫的权利，也拥有子女的命名权。

定。”

日月如梭，光阴飞逝。

那五人回家后，依然对辉夜姬日思夜梦、不能忘怀，只好去求神拜佛，有的祈盼神佛保佑自己成就心愿；有的希望菩萨帮助自己忘却思慕之苦。然而这一切统统无济于事。他们又转念一想：“老翁虽然这么说，但女子终归是要出嫁的啊！”于是仍然日复一日，游荡徘徊于辉夜姬家附近，以此显示他们的至诚爱慕之心。

老翁见状，便对辉夜姬说道：“我高贵的女儿啊，你本是神佛转生，并非我的亲骨肉。但毕竟是我劳神费心，将你抚养长大，你能否看在这点微劳上，听我一言？”

辉夜姬答道：“无论何言，女儿都愿听从。不过您说我是神佛变化转生，此事向来不知。即便果真如此，女儿也一样视您为亲生父亲。”

老翁道：“这话真令我高兴。老朽今年七十有余，或许旦夕之间，便将命尽。俗话说，男大当婚、女大当嫁，这是人生在世的自然之理。唯有如此，方能繁衍后代，光大门户。即使是你，也不能违背。”

辉夜姬道：“话虽如此，但我实是不愿啊！”

老翁道：“你虽说是神佛转生，但终究是女儿之身。如今我尚在人世，你还可待字闺中，倘若我弃世而去，你该如何是好呢？那五人经年累月频频相顾，可见爱你极深、心志极坚。你能否从中选出一人，与他成婚呢？”

辉夜姬答道：“那些人皆是庸俗之辈啊！倘若不识彼心，贸然成婚，一旦男方生出二心，岂非追悔莫及？所以，不管对方地位如何高贵，即便是举世皆畏之人，如不能深明其心，我也决不与他定亲。”

老翁点头道：“此话也有道理。那么，你心中欲嫁之人，到底是怎样的呢？那五人可都是真心诚意地向你求婚呀！”

辉夜姬答道：“我并不苛求他该是怎样的人，仅有一件小事要他们去办。既然他们五人爱我恋我之心难分孰优孰劣，那就请他们去取我最喜欢的物件。谁能取来，谁就是最真诚的人，我就嫁给他。请您将我这番话，转告给他们吧。”

老翁赞道：“此法甚妙。”

日暮时分，五人齐聚。或吹笛、或咏歌、或吟诗、或吹箫、或以扇击节。这时老翁出门，向他们说道：“诸位大人，你们经年累月，不倦来访，实是令蓬荜生辉，使老朽受宠若惊！我已年过七旬，风烛残年，今日难知明日事，故而劝说我那女儿，叫她细细思量，在你们五位中，择选一位托付终身。她却说，‘他们五人爱我恋我之心极难分出孰优孰劣’。我想此言也有道理。所以，她的意思是，你们中谁能取来她最喜欢的物件，就说明谁最深情，她就嫁给谁。老朽认为此法颇妙，请诸位大人切勿恚恨。”

五人听罢此语，异口同声道：“此法可行。”老翁便入内告知辉夜姬。

辉夜姬道：“那好，请您转告石作皇子，天竺国有佛之石钵，请为我取来；转告车持皇子，东海有仙山蓬莱，山上有宝树，以白银为根、以黄金为茎，结白玉果实，请他为我折一枝来；再转告右大臣，取唐土之火鼠裘赠我；转告大伴大纳言，将龙首上五色之辉玉取来；至于石上中纳言，请他取燕之安产贝来送我。”

老翁听了，面有难色道：“这明显是在刁难他们嘛。你所希望之物，皆非本国所出，如此难题，我怎好向他们转达呢？”

辉夜姬道：“这有何难？您只管开口便是。”

老翁道：“那我只好先去说一说。”于是出屋，将辉夜姬所言如实转述，随后说道："情况便是如此，请诸位依言去取那些物件吧！"

那五个王孙贵人听了，瞠目结舌、面面相觑，叹息道："出这等难题，倒不如直截了当地明说'请你们离开此地'呢！"言罢，全都无精打采地告辞而去。

三

佛之石钵①

尽管如此，但五人归家后，个个寻思："若不能娶辉夜姬，活在世上也无意义。"这其中以石作皇子最有心计，他反复琢磨："此石钵既在天竺，按理可以寻来。"但又转念一想："天竺距此极为遥远，石钵又系天竺无二之物，即便跋涉百千万里路程，也未必能取到手啊！"

某日，石作皇子至辉夜姬处，告言："在下今日便动身前往天竺取石钵。"说完便启程而去。

三年过去了，石作皇子来到大和国十市郡某山寺中，将宾头卢②尊前已被油烟熏黑的石钵取来，装入锦袋中，并饰以一枝人造花，送到辉夜姬家。

辉夜姬见了，心中疑惑，伸手入钵，摸出一纸。展开细看，是一首和歌：

---

①佛之石钵，相传是释迦初悟道时，四大天王所敬奉。唯释迦得用，余人不能持用。释迦灭度后，石钵安置于灵鹫山。

②宾头卢：梵语音译，意为"捷疾"。释迦牟尼四大声闻之一，十八罗汉第一位。出身婆罗门贵族，出家后，证得阿罗汉果。他虽然是罗汉，但爱在人前卖弄本事。据《十诵经》载，佛陀在王舍城时，树提居士将一木钵高高悬起，声言若有沙门能不用梯杖取下此钵，钵便归其所有。宾头卢即入定，用神通力腾空而起取下木钵。佛因他在未受戒人面前妄显神通，遂不准他入于涅槃，命他率一千阿罗汉常住人间，造福世人。

远渡万水越千山，心力耗竭取石钵，而今取来双泪流。

辉夜姬见那石钵不但不发光，甚至连萤火微光也无，便作返歌一首答复：

若是真物岂无光？毫发微光亦不见，莫非取自小仓山？[①]

于是将石钵归还石作皇子。皇子弃钵于门前，又作歌一首：

钵辉原本如白山[②]，一遇美人光自消，吾今弃钵不弃汝。

他将这首歌送予辉夜姬，但辉夜姬不再作返歌，也不再理睬皇子。石作皇子只好黯然离开。他虽弃钵，却依旧爱火不熄，期盼有朝一日，能再有机会求爱。所以，后世将这种恬不知耻的行为叫作“弃钵”[③]。

四

蓬莱之玉枝

车持皇子素有计谋，他向朝廷诈称患病，须到筑紫国[④]温泉疗养。请得病假后，立时至辉夜姬家，让仆人转告道：“在下这就启程去取玉枝。”言毕即动身赴筑紫。他的部下齐聚难波港送行。皇子对他们说：“此行甚秘，不可外泄。”连随从也不多带，仅带几名心腹近侍，开船出发。送行者目送大船远去后，都返回京中。

如此一来，人人皆以为车持皇子已赴筑紫国。哪曾想三天后，皇

---

①小仓山在大和国十市郡。日语中“仓”与“暗”同音。

②白山：日本著名火山，与富士山、立山并列为日本三灵山。

③日语中“钵”与“耻”同音。

④筑紫国：又称筑州，古日本行政区域，位于今日之九州岛。

子的船又悄悄折返难波港。

他处心积虑，早已将一切布置妥当。一上岸就迅速召来六名当时技艺最高的能工巧匠，又找了一处人迹罕至的地点，造起一座三重大宅，将工匠安置其中，皇子自己也隐居宅内。接着，他又将自己治下十六所庄园，全部献予神佛，祈求神佛保佑，助造玉枝。经过艰苦努力，玉枝终于制出来了，而且与辉夜姬所言一模一样，不差分毫。于是皇子手持玉枝，又秘密来到难波港。

他装出一副历经长途跋涉、疲惫不堪的样子，坐在船中，遣人通知府里："皇子今日归来。"府中众人纷纷前来迎接。皇子将玉枝装入长柜中，上覆绫罗锦缎，命人抬之上岸。围观人群轰动起来，纷纷交头接耳道："车持皇子持优昙华之花[①]归来啦。"

辉夜姬知悉后，心中愁闷，心想这回要输给车持皇子了，不禁又

---

①优昙华之花：亦作优昙婆罗、优昙钵华、乌昙华等，意译灵瑞花、瑞应花、空起花等。产于喜马拉雅山麓及德干高原、锡兰等处。佛经称此花为"仙间极品之花"，三千年一开，值金轮王及佛出世方现，开后随即凋谢。成语"昙花一现"即源于此。此处用来比喻极为难得的不世出之物。

急又忧。片刻后，仆人在外敲门道："车持皇子求见。身上所穿仍是出海时的行装。"

照旧由老翁迎了出去。车持皇子道："这玉枝是我舍生忘死，搏命得来。请您速速拿去给辉夜姬过目！"

老翁依言持玉枝入内宅，辉夜姬接过，见枝上附有一纸和歌：

历经漫漫万里路，粉身碎骨亦无惧，誓折玉枝赠佳人。

辉夜姬看完，茫然不知所措。老翁近前道："瞧，这位皇子照你的吩咐，完完整整地取来了蓬莱玉枝，你现在无法推托了吧？他身上穿的还是出海时的衣服，连自己家都没回，就径直前来拜会了。你也马上出去，和他见见面，把婚事定下来吧！"

辉夜姬闻言，默然不语，以手托腮，长叹一口气，沉思起对策来。

皇子心中欢喜，暗想："这回辉夜姬再无借口推辞了。"便大摇大摆地踏到走廊上。老翁并未阻止，反而默许了这种无礼的举动。他对辉夜姬说："此玉枝乃本国所未有，如今你已不能再拒，还是从了吧。况且这位皇子的相貌人品，亦属上乘。"辉夜姬答道："女儿一直不听父言，实是歉疚。我有意以难取之物为难皇子，哪知他却当真取来，如今可怎生是好？"老翁不理会她，自入闺中，布置成婚新房。

老翁又来见皇子，问道："这宝树既珍且美，究竟生长于何地？"皇子答道："大前年二月十日左右，在下由难波港启程，乘船入海。当船在海上时，应该航向何方，心中其实毫无头绪。但我心想，此行若不能如愿，活在世上又有何意义？于是便让船随风漂流。又想道，倘若身死，那也无法；但只要一息尚存，总会找到仙山蓬莱。航船在波涛中颠簸多日，终于驶离本国，漂向远洋。海上有时恶浪滔天，几乎要掀翻航船；有时狂风大作，将船刮到不知名的异国，鬼怪出没，差点将我们杀害；有时在茫茫大海迷失了方向，茫然无措；有时粮食吃尽，只能以草根充饥;有时又有可怖妖魔纷至,要生吞我们;有时被迫以海贝为食,苟延性命;有时旅途中得病,完全无助,唯有听天由命。就这样一直在海上漂泊,到了第五百日的上午辰时[①]左右,忽然遥遥望见海天相交处有一座山,我急忙站起身,从船中极目远眺,见此山浮于海面上,巍峨耸立。我心中暗想,此山定是梦寐以求的蓬莱了。不由得喜不自胜。可是心里又难免会害怕,便绕着山环行一周,观察了二三日。某日,忽有一位天仙装扮的美女,携银碗下山汲水。于是我们舍船登岸,向仙女打听道,'此山何名?'仙女答道,'此乃蓬莱山。'一听山名,我顿时欣喜若狂。又问仙女道,'敢问芳名?'仙女答道,'我名宝嵌琉璃。'言罢飘然隐入山中。我细观蓬莱山,只见层峦叠嶂、山势险峻,甚难攀登,只好绕山周步行,沿途见无数奇花异树,皆是人世罕见之物。金银琉璃色之水,自山涧潺潺流出。小河上架着几座样式精巧的玉桥,周围的树木都闪着金光。我在这些树中折下一枝,其实这枝并不特别赫奕,但与辉夜姬所言完全吻合,所以折此枝携归。若论蓬莱美景,当真是举世无匹。我原本打算多逗留几日,尽情观览,但既得玉枝,便无心久留,急急乘船返航。幸而归途顺风,只行了四百余日,即抵达本土。这大概是我临行许愿,所以得到神佛护佑吧。昨日回到难波港后,连被海水打湿的衣裳都不及更换,就径直来拜访了。"

老翁听完皇子的叙述,深受感动,慨叹不已,遂作一歌相赠:

每入山野伐吴竹[②],如此艰辛从未历。

皇子听罢,说道:"在下多年来忧愁之心,到今日方始宁定。"遂作返歌一首:

---

①辰时:上午7点整至9点整。

②吴竹:淡竹的一种,细叶,竹竿坚韧,生长旺盛。

经年苦恋湿衣袂，而今功成泪方干。

车持皇子的诡计眼看就要得逞，突然，有男子六名，并肩走进辉夜姬家庭院中。其中一人高举木棍，棍上悬挂条幅，上书请愿文字。男子挟文大声诉道："造物所工匠头汉部内麿陈情，吾等为造玉枝，呕心沥血，历时千余日，精疲力竭，却未得一文工钱。望即行偿付，以供妻儿果腹。"

老翁大吃一惊，扭头急问道："这位工匠所言，是否属实？"皇子张皇失措，狼狈无言。这时辉夜姬开口道："请将此陈文递予我看。"她接过请愿文书，见其上写道："皇子尊贵之躯，与吾等卑贱工匠，共隐一处，历千余日，命吾等造作玉枝。彼时曾有允诺，'功成之日，赐金授爵'。吾等思量，此必皇子心上人辉夜姬所需，故特来此地领赏，望予赏赐。"

辉夜姬正为要嫁给皇子而愁眉苦脸，看完请愿文书，登时眉开眼笑，急忙唤老翁入内，说道："这蓬莱玉枝，我本以为是真的，正忧心如焚，哪知却是个弥天大谎，正合我意。请速速退还，叫皇子离开吧！"

老翁点头道："既已知是人造伪物，自然应当退还，并请他立即离去。"

辉夜姬如释重负，心情舒畅，便写返歌一首，答复皇子：

巧言令色假作真，伪饰玉枝不知耻。

写毕，将返歌和假玉枝一起，退还给车持皇子。

老翁本与皇子言谈甚欢，此刻却神情沮丧，佯装休憩。皇子万分尴尬，坐立不安，欲走欲留，难以定夺。只好暂且忍耐，一直到日暮时分，才悄悄离开辉夜姬家。

辉夜姬召来适才请愿的六名工匠，向他们说道："今日之事，真是多亏了你们，甚是感激。"说罢，赏了一大笔钱给他们。六名工匠欢天喜地道："啊，终于如愿以偿啦。"遂领赏归家。岂料走到半路，被车持皇子的部下拦住，一顿饱揍，打得血流满面，赏钱也被抢光，只得做鸟兽散。

车持皇子见事态已不可挽回，悲叹道："一生之耻，莫过于此。非但不得佳人欢心，反要遭天下人耻笑。"为此，他孤身遁入深山，隐居避世。其部下率仆从四处寻找，哪里见得到皇子踪影，大概已经亡故了。

推察皇子心思，必定深感无颜再见朋友部属，故而隐姓埋名，遁世不出。此后，世人便将失魂称为"失玉"[①]。

五

火鼠之裘

右大臣阿倍御主人，家财丰厚，族中人丁兴旺。他写了一封书信，寄给从唐国来的贸易船上的朋友王卿，恳请王卿帮忙买件火鼠裘。他把信交给家臣中最为精明干练的小野房守，送去给王卿。小野房守持信赶到博多港，登上停泊在那儿的贸易船，呈上书信和用来购裘的钱款。王卿看完信，回信道：

火鼠裘实非敝国之物，一向只闻其名，未曾亲眼得见。倘若世间真有其物，则必已船至贵国。今无，可知阁下所托，实乃万难之事。然天竺或有此物，若从天竺舶来敝国，则在下当询于豪富者，借彼等助力而取之。如世间诚无此物，则今日所付钱款，当交来人全数

①玉的日语读音为"たま"，与魂、灵同音，所以日本人常以玉象征魂灵。

石作皇子将石钵送到辉夜姬家

奉还。特此致复。

数月后，唐国贸易船再度来到日本。阿倍御主人闻小野房守随船归来，急命下人快马加鞭去迎。小野房守骑快马，仅用七日，便从筑紫赶至京城，同时带回一封信给右大臣。信上写道：

火鼠之裘，遍寻不获。遣人探问，遂知此裘无论古时今世，皆非易见。据闻往昔有天竺圣僧曾携来敝国，存于西山寺中。吾请朝廷下旨，方才购得。只是付款之际，地方官员声言钱款不足，吾当即予以补足。所垫付黄金五十两，望即刻归还。吾船将归，如不愿付款，则尽速奉还此裘。

阿倍御主人览信毕，眉开眼笑，欢悦道："何出此言？区区钱款微不足道，自当奉还。得此宝裘，实是大喜之事啊！"言罢向唐国方向，遥拜致谢。

他细观盛火鼠裘之箱，见其上镶嵌诸多美丽琉璃。开箱后，又

车持皇子将蓬莱玉枝装入长柜中

见裘色绀青，毛末发出金光，瑰丽耀目，无与伦比。据说这裘如果穿得脏了，可以入火焚烧，不但烧之不坏，反更清洁。如此异宝，怎不叫人啧啧称奇！阿倍御主人眼望火鼠裘，赞叹道："难怪辉夜姬欲得此裘，确实不无道理啊！造化造化！"于是将裘纳入箱中，取花枝装饰好。自身也着意修容装扮，得意扬扬地心想："今夜当可入宿美人香闺啦。"乐不可支，雅兴大发，遂作歌一首，置于箱中。歌云：

热情似火烧，亦难燃此裘；长年泪湿袂，今日终可干。

阿倍御主人亲自携火鼠裘来到辉夜姬家门前，老翁迎出，接过火鼠裘，入内呈给辉夜姬观览。辉夜姬见了，赞叹道："这火鼠裘真美呀！只是目前真伪莫辨，不可轻信。"老翁道："怎会有假？无论如何，都应先请右大臣入屋再说。此裘世间罕见，定然系真品。你何苦一味怀疑他人呢？实是不可取。"说罢，转身请阿倍御主人入室。

老翁老妪夫妇，心中都是一样想法，认为这回婚事肯定能成。老翁常因为辉夜姬不愿嫁人，独身幽居而苦恼。他十分希望女儿能嫁个好男子，夫唱妇随，美满幸福。无奈辉夜姬屡屡拒婚，老翁也不便勉强。

辉夜姬对老翁道："欲知真假，可将此裘投入火中，若火焚不能坏，便是真裘，我自然守诺嫁于他。您既说此裘世间罕见，定系真品，那么就烧一烧，检验检验吧。"

老翁点头道："言之有理。"于是将辉夜姬的话，转告右大臣。

右大臣道："此裘唐国境内亦无，在下费尽心思方才寻获，岂有可疑？也罢，既有疑虑，那就尽速焚烧，以示不虚。"

于是他将火鼠裘投入火中，登时响起噼啪声，皮裘转瞬燃尽，灰飞烟灭。辉夜姬道："如此看来，此裘定非火鼠之皮了。"右大臣见状，面青如草叶。辉夜姬十分欢喜，作返歌一首，放入置裘的箱中，交予阿倍御主人。返歌云：

赝裘难经焚，顷刻化灰烬。早知凡庸物，何苦费心机。

右大臣默然无语，悻悻离去。瞧热闹者交头接耳道："阿倍大臣既携来火鼠裘，定然能与辉夜姬结为连理，应可常住此宅了吧？"有人答道："不，不，据说那件火鼠裘入火一烧，立时烧得精光，所以右大臣娶不成辉夜姬了。"这事一传十、十传百，弄得天下尽人皆知。从此以后，凡遇不能如愿的事，人们都称之为"阿倍无成"。

六

龙首之辉玉

大伴御行大纳言唤来家中所有仆从，吩咐道："据说龙首上有一块散发五色光华的辉玉，谁能取来，无论要何赏赐，一概允准。”

仆从们听了，都道：“主人如此慷慨，实是我等之幸。只是这块玉，想来绝非轻易可取。那可是在龙头上呀，该如何取到呢？”

大纳言道：“身为家仆，理应尽忠报主。哪怕舍命，也要完成主人心愿。更何况所谓龙，并非只出没于天竺、唐土，据闻本国山上海中，时常有龙飞腾降落，岂是尔等口中所言的难事？”

仆从们答道：“主人既如此说，那也别无他法了。不论宝物怎样难取，我等赴汤蹈火，都要取来。”

大纳言听了，欢颜道：“尔等不愧是我大伴的部下，忠勇举世皆知，又岂会违背主人之命？”

仆从们遂外出找寻龙首辉玉。大纳言将府中所有绢、绵、钱财悉数散发给他们，作为路上的盘缠。又叮嘱道：“在你们归来前，我将一直吃斋念佛。倘若取不回辉玉，你们都不准回来。”

家仆们告辞退出后，个个怨气满怀，心想：“说什么取不回龙首辉玉，就都不准回来。可世间哪有这种宝物？完全是无计可施嘛。”于是将大纳言赏赐的财物平分掉，各自散去。有的回自己家躲藏起来，有的逃往别处。他们都在背后谩骂主人，嘀咕道：“不管是双亲还是主人，下这样荒唐的命令，当真是无理至极啊！根本别指望能成功！”

大纳言并不知家仆们的埋怨，自言自语道：“倘若辉夜姬嫁来，怎能让她住在如此一般的宅邸中呢？”于是大举营建新宅，富丽堂皇、美轮美奂，屋中四壁涂漆，施绘五色，莳嵌花饰。屋顶上用各色彩丝覆盖。每间房中，都悬挂着绘于名贵丝绸上的壁画。更有甚者，大纳言还将原配及妾侍，尽数遣散。独身一人，一心一意，为迎娶辉夜姬而日夜辛劳。

然而，日复一日，大纳言外派去取龙首辉玉的家仆们，一直不见回音。转眼年关已过，又是一年。大纳言苦苦等候，心中焦虑，只好悄悄带上两名近侍，微服行至难波港，向一船夫问询道："据说大伴大纳言遣家仆乘船屠龙，欲取龙首之玉，可曾听闻？"船夫笑道："真是笑话奇谈。哪个船夫肯为这等蠢事放船出海？一个也无。"

大纳言闻言，心想："这些船夫无知鄙陋，毫无志气，又岂知我大伴家的威势？所以才说出这等怯弱之语。"又想："我弓有强力，一见到龙，只需一箭便可射杀，取龙首之玉易如反掌。那些家仆迟迟不归，我也不必久候。"于是雇船入海，巡游海上，随浪越行越远，来到了筑紫海边。

就在这时，忽然间天昏地暗，风暴大作，将船刮得帆倾楫歪，失去方向，不知航向何处。后来船被飓风刮到大海中央，滔天恶浪猛撞船身，航船几乎就快沉没。天上电闪白光、雷鸣轰隆，骇得大纳言心惊肉跳，手足无措，哀叹道："吾有生以来从未见如此可怕景象，这该如何是好呀？"

船夫也吓得涕泪交流，悲声道："我年年驾船往来海上，这样可怖的景象见所未见。就算此船侥幸不沉，头顶落雷也会劈死我们。即使神佛护佑，船在人存，可也终究会被刮到南海去啊。唉，都是因为遇到这么个雇主，才弄到这般悲惨境地。"说罢放声大哭。

大纳言闻言，说道："在船上，一切都以船家所言为依靠，你怎可说出如此丧气的话来？"说着，俯身呕吐，吐出不少酸水。

船夫道："我又非神佛，哪有什么大本事？自然无可奈何。海上狂风巨浪，本也寻常，我多年来早已习惯。但如今雷电交加，定然是你妄想屠龙，惹恼龙神，这才引来恶浪飓风。你还是赶紧祈祷，求神原谅吧！"大纳言醒悟道："此话有理。"于是立即高声祈祷道："楫取

辉夜姬观览蓬莱玉枝

御神[1]在上，请听小人禀告，吾愚昧无知，行事鲁莽，妄思屠龙，实是罪大恶极！自今而后，龙之毫发，不敢损害半根。万请原宥，诚惶诚恐。”

他双目流泪，时立时坐，口中念念有词，祷告了千百遍。终于，轰隆雷声渐渐止息，天色也逐渐明亮，只是大风依然猛吹不歇。

船夫道：“适才那飓风，看来定是龙神所吹。此刻这风乃是顺风，不是逆风，方向正好，咱们顺着这风回家吧。”大纳言已经吓得心胆俱寒，哪里还听得清船夫说什么。

大风继续猛吹三四日，将船吹回了本国之地，向岸上遥望，乃播磨国明石海岸。但大纳言却以为被风吹到了南海之滨。他周身疲乏，倒卧船中。随行伺候的两名近侍，上岸向国司[2]禀报。国司亲自前来慰问，可是大纳言无力起身，瘫软在船底。众人无奈，只好在岸上的

①楫取御神：又称船灵大明神，日本神话中的航海神。
②国司：日本古时置于各国的地方官，相当于现在的知事，总管该国的一切政务。

松原铺设草席，扶起大纳言躺于席上。直到这时，大纳言方知此地并非南海之滨。他挣扎着勉强坐起，由于平日体质就弱，不耐风寒，此刻竟腹胀高鼓，双眼肿如李子。国司见状，不禁莞尔。大纳言当即命国司备轿一顶，坐上归府。

他先前遣派去取龙首辉玉的家仆们，风闻此事，都陆续归宅参见，告罪道："我等因实在无法取得龙首辉玉，故而无颜回府。如今主人自身亦知宝玉难取，想必可以原谅我等了，所以归府来见。"

大纳言起身对一众家仆说道："幸亏汝等未去取龙首辉玉。龙与雷神，原来乃是同伴。我命汝等去取龙首之玉，无异于加害汝等。倘若汝等当真捕获神龙，只怕我也性命不保。而今真是万幸，万幸！嗯，这大概是辉夜姬动了坏心肠，打算谋害我等而设下的诡计。我从今往后，绝不再去她家一步，汝等亦谨慎勿往。"说罢，将宅中剩下的财物，分赏给未取到龙首辉玉的家仆们。

此前被大纳言休掉的妻妾们，听说了这件事，讪笑不止，几乎笑破肚皮。覆盖在新造宅邸屋顶上的彩丝，都被老鹰、乌鸦叼去，用在筑巢上了。

世人为此议论纷纷，这个问："听说大伴大纳言去取龙首辉玉，不知结果如何？"那个答："别提啦，不但宝玉没取到，眼睛还肿得像两个李子。唉，吃不消啊！"自此，凡所做事，无理且不堪忍耐，就被人叫作"吃不消"。

七
燕之安产贝

中纳言石上麻吕吩咐家仆道："燕子筑巢时，速来禀告。"家仆们问道："大人意欲何为？"中纳言答道："欲取燕之安产贝。"其中一个家仆道："我等曾数次见人杀燕，均未见燕子肚中有此宝物。听说燕子只在生蛋时，才会生出此物。但燕子见人走近，必然飞散，该如何获取呢？"另一个家仆道："大炊寮[1]饭炊屋的梁栋上，有不少燕巢。可命几名敏捷的壮汉搭起棚架，爬上去向巢中窥视。如见燕子生蛋，便可取得安产贝。"中纳言听罢大悦，道："此法甚好，我先前却不曾想到。就照你说的办。"于是挑选忠诚可靠的精壮男仆二十人，在饭炊屋梁栋边搭起棚架，命他们爬上去守候。

中纳言不时派人催问："如何了？取到安产贝没？"但燕群见众人爬上，都极为恐惧，不敢飞回巢中。家仆将这情况禀告中纳言，中纳言闻报，心中忧愁，束手无策。

正当中纳言一筹莫展时，大炊寮官人仓津麿，向中纳言的家仆说道："贵上欲取燕之安产贝，老朽倒有一计。"家仆急忙禀报中纳言，中纳言立即召见仓津麿，礼数周到，客客气气地向他讨教。仓津麿道："欲取燕之安产贝，如今这法子完全无用，必然不能如愿。概因人数众多，燕群受惊，不敢飞回巢中。应先将棚架拆除，令那些壮汉全部下来。而后选一名精干家仆，命他坐于大竹篮中，篮上紧绑一根滑索，拴在梁栋上。等燕子飞来生蛋时，立刻拉动滑索，将竹篮升上去。在节骨眼上，让家仆伸手取贝。如此一来，保管成功。"中纳言赞道："此计大妙。"便命人拆毁棚架，唤回二十名男仆。

这些事办完后，中纳言又问仓津麿："那燕子何时生蛋，又如何得知呢？届时好将人升上去。"仓津麿答道："燕子将生蛋时，必翘其尾七次，翘毕则产蛋。我们见它第七次翘尾时，升上竹篮，即可获得安

---

①大炊寮：日本古时负责粮食、舂米、炊煮器具及典礼、宴会上食物调理的机构。

产贝。”

中纳言听罢，欢喜不已，命人照办。而后悄悄走入饭炊屋中，与其他仆从一起，监督家仆取安产贝。同时，又因仓津麿教他此法，遂大大奖赏仓津麿，赞道：“汝虽非我亲人，却能令我称心如意，甚好。”说完脱下衣裳，赐给仓津麿，又说道：“今晚还请亲至饭炊屋帮手。”然后让仓津麿先回去了。

渐渐到了黄昏，中纳言再次来到饭炊屋。抬眼一望，燕子果然已回到巢中，而且正如仓津麿所言，尾巴开始翘动。中纳言慌忙命仆人坐入大竹篮，将竹篮升到梁栋边，又命仆人伸手到燕巢中掏摸。仆人摸了一阵，道：“里头空空如也。”中纳言怒起，斥道：“因你摸法不善，这才掏摸不到。”想要另选一人上去，又转念道：“也罢，索性自己上去掏摸吧。”于是自行坐入篮中，命人缓缓升起竹篮。靠近梁栋后，向燕巢中窥探，恰好燕子正在翘尾。他急忙伸手入巢，到处掏摸，触到一块扁平物。他心中大喜，高声叫道：“摸着了，摸着了。快放我下去。仓津老翁，我摸着安产贝了！”众人聚拢在梁下，一起用力拉滑索。孰料用力过度，拉断滑索。中纳言从竹篮中急坠直下，仰面朝天，掉到一只八岛鼎①中。

众人大惊，赶忙冲上去，抱起中纳言。只见他双目翻白，呼吸几乎停止。仆人们急忙将冷水强灌入他口中，折腾了半晌，终于救醒过来。众人替他搓揉手足，而后将他从八岛鼎上抬下，问道：“大人，此刻感觉如何？无恙否？”中纳言气喘吁吁，勉强答道：“略微好些了，只是腰仍然动弹不得。所幸安产贝已紧握在手，想来就高兴。你们马上点起松脂蜡烛，我要好好瞅瞅这宝贝。”

---

①八岛鼎：大炊寮中之鼎，代表日本灶神。外形三足双耳，共有八只，隐喻八大岛国，即日本。

说完，他扬头伸手，摊开手掌一瞧，手心里握着的竟然是一块陈年的燕子干粪！中纳言失望至极，哀叹道：“唉，不得贝！”

从此以后，人们便将事与愿违，唤作“不得贝”。

中纳言情绪一落千丈，他原本准备了一个唐柜用来装安产贝，但如今取到的并非安产贝，自然不能送去给辉夜姬。再加上又折了腰骨，心中的懊恼可想而知。他生怕自己所做的蠢事流传出去，沦为笑柄，为此而心情抑郁，悔恨不已。心情越坏，病情就越重，身体就愈加虚弱。不得贝尚在其次，遭世人嘲笑，是比不得贝更难堪的耻辱。他终日都在担心，苦不堪言，比寻常患病更加难受。

辉夜姬听闻此事，作歌一首，寄去宽慰。歌云：

秋水望穿不见君，料来燕贝未取成。

中纳言收到歌后，命家仆念给自己听。他虽病体孱弱，依然勉强抬头，取过家仆备好的纸笔，于极痛苦中，写返歌一首作答，歌云：

万事成空不得贝，卿若垂怜尚可救。

写毕，随即气绝身亡。辉夜姬闻讯，心中略微伤感。后人由此将仅存的希望，称为“有贝”。

八

御驾狩猎

辉夜姬沉鱼落雁的绝世美貌传入天皇耳中，他召来内侍中臣房子，下旨道：“据闻那辉夜姬对所有爱慕她的男子，都冷若冰霜，屡拒求亲；而诸多欲一亲芳泽者，要么倾家荡产，要么身败名裂。你替朕去瞧瞧，她究竟有多美。”

车持皇子与伐竹翁对谈

房子领旨出宫，造访伐竹翁家。伐竹翁不敢怠慢，恭恭敬敬出迎。房子对老妪说道："陛下传谕，你家辉夜姬姿容出众，命我详观后回去复命。"老妪道："请您稍待，老身这就去告知。"于是入内室对辉夜姬说道："天皇使者在外，女儿快出去拜见吧！"辉夜姬道："我相貌又不美丽，怎能拜见天皇使者呢？"

老妪生气道："如此无礼的话，切莫乱讲。来人系天皇使者，不可轻忽！"辉夜姬道："即使是天皇下的谕旨，母亲也不必惶恐。"听这语气，她毫无拜见使者的意思。

老妪抚养辉夜姬多年，对她视如己出，此刻见她出言顶撞，虽想责备，却又不忍心，只得出来，禀告内侍道："实是抱歉。小女性情倔强，就是不肯出来拜见，还请原宥。"

内侍道："陛下有旨，令我无论如何必须见到辉夜姬。如不能见，回去无法复命。国君之命，本国之人，岂能违抗？你们未免太大

右大臣阿倍请唐国贸易船上的王卿帮忙买火鼠裘

胆了！”她厉声呵斥，辉夜姬听见了，仍然坚不从命，在内室高声回应道：“若我拂逆皇命有罪，索性将我处死吧！”

内侍闻言，无可奈何，只好回宫据实禀奏天皇。天皇道：“她心肠如此刚硬，难怪能令男子断送了性命。”一度想要就此作罢，却又有些不甘，心想岂能败给一个女子。

于是，天皇降旨，命伐竹翁前来见驾，对他说道：“汝速将家中辉夜姬，奉送入宫。朕久闻其国色天香，曾遣使者往见，结果却无功而返。如此傲慢无礼，是汝所教么？”伐竹翁惶恐作答道：“草民万万不敢。小女不愿进宫，草民亦十分苦恼。待归家后，定当重申圣意，再行良言规劝。”

天皇听罢，颔首道：“辉夜姬系汝一手抚养长大，岂有不从汝之理？若能劝得她入宫，朕便赐你五品官位。”

伐竹翁大喜，欣然归家，对辉夜姬道：“天皇诏命难违，要你入宫，只怕不答应是不行了。”

辉夜姬答道："我意已决，绝不入宫。若强迫我去，我唯有离开人间。又或者我勉强入宫，等您加官进爵后，我就立即自尽！"

伐竹翁急道："哎呀，万万不可！我难道会用女儿的性命，去换取高官厚禄吗？这像什么话！可是话说回来，你为何那么坚持不入宫呢？这件事还不至于要弄到以死相拼啊！"

辉夜姬答道："总之，我绝不会欺骗您。如果您不相信，请将我送进宫去，生死立刻便知。以往无数男子诚心诚意、日夜追求，我都坚拒不从。而天皇不过是这两日才下旨，若我应允，岂不被天下人耻笑！"

伐竹翁道："天下万事，都大不过你的生死。既然你以死相胁，那么，我只好再度入宫，禀明天皇，转达你的意思。"

于是，伐竹翁又入宫参见天皇，奏道："陛下谕旨，草民已向小女说明。无奈她矢志不肯入宫，还说若要强迫她入宫，宁愿一死。此女并非老朽亲生，乃是昔年在山中拾得，故而脾气性情与世人迥然不同。"

天皇道："造麿，你家似乎靠近山麓吧？不如朕装作去山中狩猎，路过你家，应该能见到辉夜姬吧？"

伐竹翁答道："此计大妙。趁小女毫无防备时，突然造访，定能见到她。"

天皇遂选定吉日，起驾往山中狩猎，并乘机驾临辉夜姬家。只见屋中光辉四溢，一位绝色美女端坐其间。天皇知此女必是辉夜姬，欲待走近时，女子却猛然起身，向内室回避。天皇快步上前，一把拉住辉夜姬衣袖。辉夜姬急用另一只衣袖遮掩住面孔。但天皇已看清她貌美绝俗，登时心醉神迷，岂肯轻易放手，便想就此将她带回皇宫。

这时辉夜姬开口道："民女若是本国所生，自可委身于陛下。然

假火鼠裘瞬间燃尽，右大臣失色

民女并非本国之人，强逼入宫，万难从命。”

天皇道：“岂有此理！即便再难，你也要跟朕去。”命人将御舆抬来，打算强迫辉夜姬上舆。说来也怪，辉夜姬的身体一瞬间就消失不见了！天皇大惊，心中既憾且惜，这才醒悟到辉夜姬确非常人。他慌忙说道：“既如此，朕不强迫你入宫了。你快快现身，让朕再看一眼，见过便返。”辉夜姬立即现出了身形。

天皇虽知辉夜姬非凡俗之人，心中爱慕之情反而更加炽烈，几乎难以忍耐。但此刻已是别无他法，只得褒赏伐竹翁，夸赞他让自己见到了辉夜姬。伐竹翁喜得眉开眼笑，摆下盛大酒宴，招待天皇及随行百官。

将要离别时，天皇心中怅然若失，实在舍不下辉夜姬。他闷闷不乐，坐上御舆，作和歌一首赠予辉夜姬，诉说衷肠。歌云：

欲去又止心忧愁，归舆空返愿未遂，只为佳人拒同行。

辉夜姬作返歌一首，答复道：

久居蓬门早已惯，寒舍育我心得安，金殿玉宇不敢攀。

天皇咏览此歌，愈发不想离去。其心已全在辉夜姬身上，更无他念。可是贵为天子，不便在外留宿。无奈之下，只得起驾回宫。

天皇返回宫中后，觉得平时服侍自己的妃子、女官，无一人可与辉夜姬相比。即使是往日号称美人的，相较于辉夜姬，也是黯然失色。天皇心中，如今只剩下辉夜姬的倩影。他独居寡欢，意志消沉，对后宫的庸脂俗粉再不行幸。日常间不断提笔致信，向辉夜姬倾诉相思之情。辉夜姬有信必回，文笔优美。此后，天皇随四季变迁，感百花草木意趣，吟咏作歌，一一寄送给辉夜姬。

九

天之羽衣

辉夜姬与天皇就这样鱼雁往返，不觉间过了三年。某个初春的夜晚，辉夜姬仰观皎美月色，忽然悲从中来，一反常态，陷入了沉思。家仆在旁边劝说道："月之容不可直视，其中有忌讳，恐惹不吉。"但辉夜姬乘家人不备时，依然独自观月，并暗中低声哭泣。

到了七月十五圆月夜，辉夜姬自闺中来到走廊，仰望明月，默默无语，神情悲沮。家仆见状，急忙告知伐竹翁："小姐虽平日里就爱赏月，但近来频频对月长叹，今晚悲哀之情更甚。此事颇不寻常，望多加留意，免生意外。"

为此，伐竹翁特地对辉夜姬说道："你心中有事牵挂么？为何要眺月忧伤呢？这世上的一切，不是十分美好吗？"

辉夜姬答道："我也不知是何故，近期一见明月，便无端地觉得不安，深感世间凄凉可悲，所以才不住叹息。"

后来又有一天，伐竹翁走进辉夜姬房中，见她依然愁眉深锁，一副心事重重的模样。伐竹翁又问道："女儿呀，究竟何事令你如此心烦呢？"辉夜姬仍然答道："没什么，就是无端地感到不安。"伐竹翁劝道："既然心境不佳，就不要赏月了。每次一见到月亮，你就悲不自胜。"辉夜姬答道："唉，我怎能不眺明月呢？"此后，每逢皓月当空，她都照旧在走廊上痴痴仰望，并陷入沉思。

奇怪的是，在风高月暗时，辉夜姬并不悲伤忧思。但一到明月之夜，便哀叹泣涕。家仆们见到，都在暗地里议论道："看来她一定有心事。"父母双亲与全家人，都不知到底是何原因。

临近八月十五的某个夜晚，辉夜姬来到走廊上，失声痛哭。这次与以往不同，竟不再避人耳目，径直哭倒在地。老翁与老妪着了慌，连声催问所为何事。辉夜姬抽泣答道："这件事，女儿很早就想告知二老，又怕你们伤心，所以隐瞒到今日。但现在不得不说了。女儿此身并不属于凡间，我本是月宫仙子，只因前世宿缘，方才降临人世。如今归返之期已到，本月十五，月国之人将来迎我。此事绝难回避，终须归去。想到将与双亲永别，令二老愁叹，我便心痛欲绝。因此自今年开春以来，便心绪不宁，忧叹难止。"说罢，哭泣得更加厉害。

伐竹翁听毕，难过道："怎会如此？想当初我从竹中将你拾回时，你还只有油菜籽那么大。如今抚育得和我一样高，你却要离开？到底谁要带走你呀？我绝不允许！"说着，忍不住号啕大哭起来，悲道："你若离去，不如让我先死！"此情此景，令人见之落泪。

辉夜姬道："我于月国，有亲生父母。凡间百年，在月宫不过须臾。我居人世年月颇长，对月国父母，并不如何想念，反倒觉得人间亲切

大伴御行大纳言命家中仆从出寻龙首之辉玉

和善。故而一旦离别在即，毫无欢欣之感，唯有哀凄之情。可是这一切都由不得我做主，我也无可奈何，只能回去。”言毕，与老翁老妪一起抱头痛哭。

家中仆人和辉夜姬相处多年，对她高尚的品格、优雅的气质均倾服不已，真心敬爱她。此刻听说将要别离，尽皆依依难舍，悲叹愁烦。人人不思饮食，相对哀泣。

天皇闻讯，急遣使者至伐竹翁家中探问。伐竹翁出迎使者，泪流满面，不停哭泣。由于伤心过度，头发斑白，腰背佝偻，双眼肿胀通红。他今年不过五十余岁[①]，却已是老态龙钟，可见“一夜愁白头”绝非空话。

使者传天皇谕旨，问伐竹翁道：“听闻你等近来伤心欲绝，有莫大忧患，可是真的？”老翁垂泣答道：“本月十五，月宫将派人接走辉夜

①此处日文原文与前文矛盾。第二节老翁自述时，言已七十余岁，这里又只有五十余岁。应为七十岁之误。

大纳言之船遭龙神兴风作浪，险些沉没

姬。草民斗胆，敢请陛下派遣大军前来守卫，待月宫来人一至，立即将他们擒拿。不知可否？”

使者回宫，将情况如实奏禀天皇。天皇道：“朕只见过辉夜姬一面，便久久难忘，何况老翁与她朝夕相处，一旦别离，该是何等痛苦！”

八月十五转眼即到，天皇命近卫少将高野大国为敕使，率六卫司[①]武士两千人，开赴伐竹翁家，保护辉夜姬。大军一到老翁宅邸，立即部署千人防守土墙，部署千人在屋顶巡视。而宅中的所有男仆，分别把守各个角落。严密防备，水泄不通。不仅武士们顶盔贯甲，那些男仆也持械搭箭，严阵以待。婢女们则轮流守在辉夜姬的闺房中。老妪紧拥辉夜姬，躲在宅中最隐秘的仓库里。伐竹翁锁好仓库门，站

①六卫司：指左右近卫府、左右卫门府、左右兵卫府。是负责镇守皇居、护卫天皇、警备宫廷内外的部门。

在门前把守。他自信满满，说道："如此严防死守，岂会输给天上之人？"又对守卫屋顶的武士说道："汝等若见有物翔空，即便是极细微物，也要统统射下来。"武士们应道："把守得这般严密，哪怕是蝙蝠飞过，也将立时射杀，晾干曝尸。"伐竹翁听了，以为万无一失，宽心不少。

但辉夜姬却道："无论守护得多严，门窗关闭得多牢，凡人也无法与天人作战。首先，箭矢难以射中他们；其次，天人一至，即使再紧锁的门户，都会自动打开；最后，就算现在斗志昂扬，但月宫之人一到，再骁勇的武士也会丧失锐气。"

伐竹翁闻言，火冒三丈，气鼓鼓地骂道："待月宫中人来时，我定以长指甲抠出他们的眼珠，揪住他们的头发，打翻在地。然后剥下他们的裤子，令他们在众武士面前露臀出丑！"

辉夜姬道："请您切勿高声吵嚷，若被屋顶众武士听见，那可真难为情。女儿不能报养育之恩，却要永别而去，心中深感对二老不住。常思若有缘长居，该是何等欢愉！只可惜事与愿违，不得不走。可是思及亲恩无以为报，即便在归途中，我也必难心安。故而最近数月，每逢明月在天，我便至走廊上祈请，希望能再居人世一年，至少也要过完年再走。然而却不得允可。想到女儿离去后，双亲势必泣血捶膺，心中更是悲难自抑。月宫中人容颜端丽，无衰无死、无忧无虑。女儿所归之地，虽然如此美好，但女儿毫无喜悦之感。不能侍奉年迈双亲，真令我抱憾终身。女儿舍不得离开你们啊！"说着泣不成声。

伐竹翁安慰道："这等伤心断肠的话，不必再说了。来迎之人，无论姿容如何俊美，我都对他们绝不客气。"他心中已对月宫之人怨深恨极。

就这样渐渐夜深，玉宇无尘，银河泻影，已近子夜时分。

大纳言对家仆们埋怨辉夜姬

忽然间，伐竹翁宅邸四周光芒四射，明亮胜于白昼，比满月之光更亮十倍，照得人身毛孔，纤毫毕现。一片光亮中，一群人自天上乘云徐徐而降，离地五尺，悬浮排列。伐竹翁宅邸中人，无论在屋内屋外，见此情景，仿佛都被咒语魇住一般，个个四肢酸麻，木然不动。先前的交战勇气，消失殆尽。有人勉强振作，弯弓搭箭，想要射出。无奈手臂乏力，登时瘫软下去。又有意志特强者，竭力聚精会神，强行射出箭矢，箭却飞向他方，全然不中。所有武士皆目瞪口呆，战力尽失。个个神志不清，茫然无措，恍恍惚惚地相互对视。

立于云端上的天人们，衣着华美，相貌端丽，无与伦比。一辆云车停在他们旁边，车顶张覆薄绢。其中有位看似大将模样的人，越众而出，喊道："赞岐造麿，上前来！"刚才还目中无人、想要和天人大战一场的伐竹翁，此刻酩酊大醉般，伏行向前，跪倒在地。天人责备他道："汝当真愚不可及！先前因汝稍积功德，故命辉夜姬下凡，暂居汝处，迄今已为时颇长。汝得辉夜姬之助，获黄金无数，大富大贵与以往已判若两人。辉夜姬因犯天条，这才将她暂时贬居汝微贱之处。如今她罪业已消，我等特来接她回去。汝却哭哭啼啼，真不识好歹。快，速将辉夜姬交出来！”

伐竹翁答道：“老朽养育辉夜姬迄今已二十余年，你却说是暂时寄居，实在与理不合。你口中所称的辉夜姬，恐怕另有其人，是诞于别处的辉夜姬吧？”顿了顿，他又说道：“居于此宅的辉夜姬，此刻身患重病，恕不能出门相见了。”

天人也不应他，驾云车飞到老翁宅邸的屋顶上，叫道：“辉夜姬听着，如此污秽之地，岂能久居？”

霎时间，牢牢紧闭的仓库门，自行打开，格子窗也都自动敞开。原先被老妪紧紧搂住的辉夜姬，离开老妪怀抱，轻步走出。老妪拉她不住，心知无力阻止，唯有仰面朝天，涕泣目送。老翁也无可奈何，只能伏地痛哭。

辉夜姬走到伐竹翁身旁，说道：“即使我百般不愿，怎奈何身不由己。而今便请二老送女儿升天吧！”伐竹翁哭诉道：“我已悲痛欲绝，如何能送你呢？你怎么忍心抛下我们自行升天呢？不如带我们一起去吧！”

辉夜姬闻言，心乱如麻，不知所措。片刻后，才说道：“那么，我留一封书信给您吧。每当想念我时，请您取出来看看。”说罢，潸然泪下，一面抽泣，一面挥笔写道：

女儿此身，若生于人世，必侍奉双亲直至终老，绝不令有别离之痛。然世事大多难如人意，此际归返月宫，亦非出自本心，内心实有深憾。今褪我身上衣，留予双亲，以为纪念。日后每逢月出之夜，愿双亲举首望月。此刻舍亲情而升天，女儿心伤无尽，恍如自虚空

中纳言石上麻吕与仓津麿商量取燕之安产贝

坠地，悲切难言。

这时，一名天人取出一只箱子，箱中盛着天之羽衣和一壶不死灵药。天人对辉夜姬道：“壶中灵药请立即服用。因你多食人间秽物，致使心境恶劣，服此药当可消除。”说着将灵药奉于辉夜姬面前。辉夜姬浅尝一点，将余下灵药包入适才脱下的衣裳中，欲赠予伐竹翁。天人却不许她这样做，取出天之羽衣，命她立即穿上。

辉夜姬道：“请稍待！穿上这羽衣，便会立时脱胎换骨，心意亦会改变。但我此刻尚有话要说。”言毕，她又挥笔写信。天人不耐烦地催道：“时辰已到，不能再晚了。”辉夜姬道：“此等不近人情之语，切勿再言。”随后不慌不忙地致信天皇。信中道：

蒙陛下派遣大军，欲阻我升天，感激不尽。只是天意难违，我终究不能长留人间。是故，心中遗憾无限，悲恸难当。往昔陛下召我入宫侍奉，只因念及身世复杂，方才不顾君意，坚不从命。此任性无礼之举，定使陛下不快，今时回思，心甚惶惶。

信末，附歌一首，云：

人世难久留，身着羽衣去。忆君情意重，哀书表寸心。

她将装有不死灵药的壶和书信放在一起，唤来头中将[1]，让他带进宫交给天皇。天人将书信、药壶转呈中将后，立即将天之羽衣披到辉夜姬身上。辉夜姬顿时忘记了对伐竹翁的恋恋不舍，忘记了离别的悲伤，在人间的种种往事，由于穿上羽衣的缘故，全都忘得一干二净。烦恼散尽的辉夜姬，登上云车，在一百多名天人的前呼后拥下，升天而去，归返月宫。

可怜伐竹翁与老妪，从此以后每日里泣血捶膺，却也无济于事了。旁人将辉夜姬所遗书信读给伐竹翁听，他闷闷不乐道：“风烛残年，何必惜命？爱女已去，苟活无益。”于是药也不肯服，不久就一病不起了。

十
不死之山

再说头中将率众武士归朝，将不战而败、无法挽留辉夜姬的情况，详细奏禀天皇，而后呈上不死灵药与辉夜姬的书信。天皇览信毕，感怀涕零，从此寝食俱废，歌舞管弦亦无兴致。

某日，他召集大臣、上达部[2]，问道：“哪座山离天最近？”有大臣奏道：“骏河国有山，离京都不远，而且离天最近。”天皇

①头中将：藏人所长官兼近卫中将的合称。

②上达部：位阶在三位以上的公卿的异称。

中纳言取贝不成，跌落下来

随即作歌一首，云：

佳人难再见，心悲泪交流。纵有不死药，服之何所益！

他将此歌同不死灵药一起，置于壶中，交给一位名叫调岩笠的近侍，命他为御使，前往骏河国那座山的山顶。等到达山顶后，点燃药壶，将御制和歌与辉夜姬所送的不死灵药一道焚掉。

调岩笠奉旨，率大队兵马，登上山顶，焚尽和歌与不死灵药。从此之后，这座山便被称作“不死之山”，即“富士山”[①]。据说山巅所燃浓烟，迄今仍在喷吐，直冲云霄，达于月宫。此即自古传承之《竹取物语》！

---

①日语中，富士之山，与“不死之山”音近。

御伽草子

御伽草子

文正草子

从古至今，红运当头，富贵发迹之例所在多有。但好运不绝，由身份卑微而出人头地、享尽尊荣者，天下无人可与常陆国煮盐人文正相比。

彼时，常陆国鹿岛郡鹿岛神社，有大宫司[①] 名唤定满，家财万贯，金银钱粮无数，所使唤的男女家仆更有数百之多。在众多下人中，有一人名叫文太，长年服侍定满，为人正直，忠心耿耿，为主人日夜操劳，从不叫苦叫累。

主人知文太非凡俗之辈，不愿他久居人下。某日，将他唤到跟前，说道："你跟随我虽久，但我今时已不需要你，你自寻前程去吧。"也不细说缘由，只是催促文太速速离去。

①大宫司：神社的最高神官。

文太大惊，心想："我对主人尽心竭力，他为何要赶我走？既然他心意已决，我也无法更改，只好离开了。主人待我恩重如山，无论去到哪里，我都不会忘记。"于是流泪对主人道："我虽不愿离去，但您如此吩咐，我也不得不走了。望多保重。"

文太拜别大宫司，转身离开鹿岛神社。但他一直都在神社做事，突然离去，茫然无措，不知该往何处，只好信步走去，四处闲逛。走着走着，不觉中来到一处海滨，此地名叫津冈滩，聚集有众多煮盐人。

天色渐暗，文太无处歇宿，便走进一家盐屋，说道："在下乃是旅者，能否行个方便，让我借宿一晚？"

"你从哪儿来？"屋主问道。文太如实回答了。屋主见他相貌堂堂，印象不错，便答应了。当晚文太就在盐屋歇息。

夜间就寝时，屋主与文太闲聊，得知他正为前途担忧，便对他说道："你既有闲，何不帮我拾柴煮盐，也能谋生。如何？"

文太十分高兴，立即答道：“没问题，能糊口便成。再说这活儿挺容易。”

从第二天起，文太便以拾柴为生，在当地住了下来。他每日埋头苦干，因力气甚大，一人所拾柴火，可抵平常五六人。屋主十分欢喜，对文太赞赏有加。

一晃数年过去，文太此时已学会了煮盐的技术，便产生了自行煮盐贩卖的念头。

某日，他对主人说：“我为您效力多年，如今想自己煮盐谋生，您能送我一口盐釜，作为奖励吗？”

主人多年来对文太十分满意，很爽快地送了两口盐釜给他。

于是，文太正式开始煮盐贩卖。他制的盐，质量极好，口感佳，吃了令人精力充沛，病症消散，因此迅速有了好口碑。而且文太的煮盐技术一流，做事又勤勉，同样一口盐釜，他的产量是别家的三倍。人人皆知“文太盐”的美名，销路越来越好，文太的积蓄也越来越多。不久后，他娶了妻子，两口子一块儿努力，家境变得十分富裕。

文太在津冈滩的盐商中，树立了极大威信，同行们都唯他马首是瞻。文太遂改名为“文正”，在当地买下大片土地，盖起华屋，又人工开渠，环绕屋宅，极尽奢华。人人望之欣羡。豪宅中金银米粮堆积无数，常陆国贫者纷纷来投，奔走相告道：“文正出手阔绰，我们为他干活大有收益。”为文正所雇用的长工、短工、管家、婢女，男男女女，有数百人之多。

当地人都说：“文正的家产，即便是天皇，也未必能与之相比。可是夫妻俩膝下却无一子半女，未免遗憾。这恐怕是前生种下的果报啊！”

文正原先的主人——鹿岛神社的大宫司，听闻文正发迹，便派人将文正请到神社。

文正已多年未回神社，见旧主召唤，心中喜悦，立即赶去。

到得神社，文正恭恭敬敬地在神社庭中坐下。

大宫司见了，说道："文太，你出身寒微，昔日为人奴仆，但今日已是大富翁，不必再坐于庭中。进来吧！"说完，亲自引路，带文正到神社回廊坐下。

大宫司道："文太，如今你已出人头地，我心甚慰。你可知当初我为何要赶你走么？"

文正答道："不知。"

"当年赶你走，正是为了能让你有今日啊！我知你才干非凡，为人正直，又忠心待我，所以特意让你出去，闯一番事业！"文正闻言恍然大悟，内心颇为感激旧主，更对旧主的目光远大，十分钦佩。

大宫司又道："近来流言不断，说你富逾天皇，果真如此吗？"

文正如实答道："文太原本贫寒，贩盐而得巨利，前些时候说话行事，确实轻狂了些。"

大宫司问："究竟家财多少呢？"

文正答道："金银绫锦堆积如山，七珍[①] 咸集毕呈；粮仓无数，具体积粮需问管家方知。"

大宫司道："无论如何，这么多财产，确实是发迹了啊！那么，后继有人了吗？"

"尚无子息。"

"这可不好。人生世上，子嗣才是最重要的宝贝。你赶快敬奉财产予神明，求神佛赐子吧！"

---

①七珍：紫金、珍珠、琉璃、水晶、砗磲、珊瑚、琥珀。

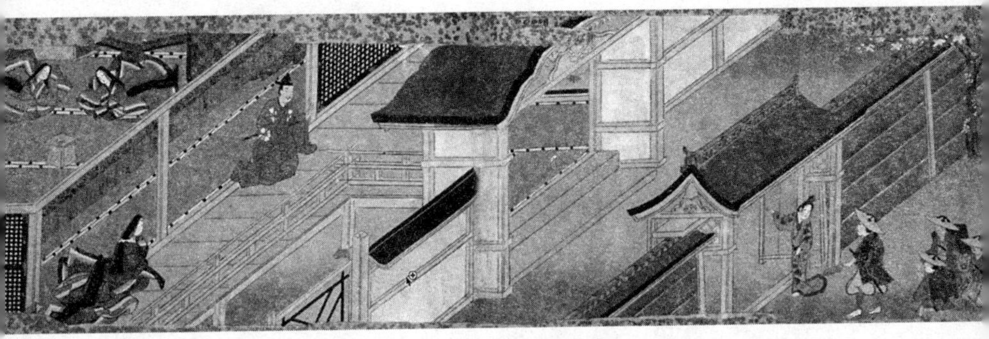

文正对旧主所言深以为然，子嗣的确非常重要。他回家后，将一直无所出的妻子责骂一番，并要将她赶走。

妻子自然不甘就此离开，吵道："怎么啦？为什么要赶我走？"

文正道："大宫司说我长年无子，大是不妥。我想此言有理，所以你必须给我生个儿子！"

妻子怒道："岂有此理。我二三十岁未生子，如今四十将至，怎能生子？此事绝对不能如愿。若是换在年轻时，还有指望。"

文正听了，寻思道："妻子难以生育，已无法改变，大宫司曾言'求神佛赐子'，看来也只有此法了。"于是对妻子说道："那我们唯有将宝物敬上神明，求神佛赐子了。"妻子点头称是。

夫妻俩便动身来到鹿岛神社参拜，七日里精进洁斋，至诚祷告，希望神佛显灵。同时奉上诸多宝物，每日礼拜三千三百三十三回，祈求神明降恩，赐予子嗣。

到了第七日夜间，文正在梦中见神殿之门开启，神明传话道："念你诚心祷告，发下大誓愿，已感动神明，故而七日间四处寻找，欲赐子于你。可惜并无合适人选，便将此宝物赐你吧！”言毕，将两朵莲花置于文正右衣袂中。神殿之门随即关闭。

文正得此吉梦，心中大喜，将梦中事告知妻子，说道：“这回咱们生子有望了。”

回家后，妻子果然有了身孕。九个月后，生下一个极其漂亮、贵气的女婴。

文正见是女孩，勃然大怒，斥责妻子道：“我要的是儿子，为何生了个女儿？”

一位年长的侍女劝说文正道：“生女胜过生男，有女乃是福气，预示家道昌盛。”

文正觉得有理，这才转怒为喜，开始宠爱女儿。服侍女儿的乳母、婢女，全都经他精心挑选，个个都是出众的人。

翌年，文正之妻又生了个孩子，文正甚喜，在产屋外问道：“这回是男是女？”

妻子答道：“还是个女儿。”

文正再度大怒，斥道：“好啊，竟然又生了个女儿。一再不能遂愿，实在难忍。这女儿你自己抱回娘家去养吧。”

一旁的年长侍女又道：“此话大错。须知即便生下男儿，按律例，其父曾为奴，其子亦属大宫司家奴。是以生女反而更好，日后嫁给武士，或是哪位大名[1] 成了您的女婿，您的地位便高了。即使嫁给大宫司之子，大宫司和你结成了亲家，不也甚好么？”

文正如此一想，确实有理，于是再度转怒为喜。他细瞧刚出世

---

①大名：日本封建时代对领主的称呼，相当于中国古代的诸侯。

的女婴，哇，美若新月、光艳逼人，比姐姐还美，心中登时充满了怜爱。猛然间，他想起在神社祈愿时，神明曾在梦中给过自己两朵莲花，这时恍然大悟，原来神明赐予自己的，就是这两个女儿啊！天意不可违，此后他绝口不提生子之事。

服侍二女儿的乳母、婢女，文正同样也精心挑选，安排的都是出众的人。一大群侍女、老妈子照顾着他的两个千金。

文正为大女儿取名莲华御前，为二女儿取名莲御前，爱若掌上明珠，悉心抚育。

时光匆匆流逝，两位千金已出落得亭亭玉立、天香国色。这年，姐姐十三岁、妹妹十二岁，兰心蕙质、淑逸闲华，文正请来本地最有名的先生，教女儿弹琵琶、奏四季应景雅乐、咏歌作诗。此外，父母凡事皆以佛教观教导她们，令她们处处嘉言善行，受人称赞。

这对千金有口皆碑，名闻天下。关东八国的大名，都争先恐后送情书来求婚，姐妹俩却全不理会。因为她们心高气傲，已有了自己的打算："我俩花容月貌，只可叹生在这偏远之地。若是生在京都，定能入宫令天皇宠幸，届时身为帝妃，享尽尊荣。即便不能入宫，至少也要嫁个公卿才是！"因此她们对地位不够高的求婚者一概不予理睬。而文正因各国大名求亲不断，声名大涨，每日都乐不可支。

莲华御前和莲御前矢志要做皇妃或公卿夫人，即使今生不能称意，来世也要遂愿。故而她们常去神社佛寺参拜祈祝。

某日，文正惊闻诸大名求婚不遂，打算以武力强夺。他慌忙阻止女儿出门，并在家宅西侧建起一座气派的金佛堂，供奉阿弥陀佛。如此一来，两个女儿就能在家中拜佛，而不必担忧参拜途中遇袭被抢。大名们见无法强夺，个个愁眉不展。

大宫司听说两姐妹之事后，便将文正唤去，说道："你福分不浅

哪，有如此美貌的女儿，让大名们争破了头！不过听说她们并不想嫁给大名，那么让我的两个儿子做你的女婿如何？”

文正自然乐意，说道：“女子最要紧的，便是嫁个好夫君。我三生有幸，能与主人结成亲家。”

他高高兴兴地回到家，大声宣布道：“大喜事啊，大宫司的儿子要成为我的女婿啦！大家快快准备，两位小姐要出嫁了。”宅中的仆役婢女们登时忙碌起来。

文正来到女儿的闺房，将此事告知二女。岂料姐妹俩一听，都泪流满面，文正急问何故。姐妹俩说道：“我们若生于京都，入宫服侍天皇，做帝妃亦有可能。即便不能入宫，或许也能嫁给公卿贵族。可如今僻处乡下，身份卑微，看来今生是出头无望了，索性削发出家，青灯古佛，祈求后世之福。”

文正无奈，只好将女儿拒婚一事告知大宫司。大宫司勃然大怒，叱道："你这卑贱之人①，竟敢拒婚，实在是不识好歹。我再给你个机会，尽快将女儿嫁来，否则定要将你严办！"

文正归家，将大宫司的话转告两个女儿，莲华御前和莲御前伤心绝望，悲叹道："男女情事，又岂能以出身尊卑而定？理虽如此，可惜常难遂愿。既然我们难觅如意夫君，唯有出家为尼，斩断尘缘。若大宫司再苦苦相逼，则只能投河一死，免得父亲为难。"

文正流着泪，将女儿的话转述给大宫司。大宫司也怕闹出人命来，只好作罢。

次年，朝廷任命卫府藏人道茂出任常陆国新国司②。道茂相貌俊朗、风流倜傥，一心要娶绝色佳人为妻。常陆国众武士风闻新国司尚是独身，竞相为他做媒，但道茂未看中一人。他终日寻思着要寻美人，如痴如醉。

某日，有人对道茂说道："鹿岛神社大宫司座下有一仆，名唤文正，如今是本国大财主，生育二女，国中武士人人争相致书求婚，却悉数被拒。此二女美若天仙，一心想做帝妃，大宫司之子几番想娶她们，也不能如愿。您可请大宫司帮忙，召二女来见，届时择其一为妻，岂非妙事？"

道茂闻言大喜，说道："多谢告知此事，若能成功，定然重酬。"于是命人请来大宫司，恭敬道："听说您座下有一仆从，名唤文正，所生二女貌美绝伦，望您能帮忙，将她们唤来，使我得睹芳容。倘能娶得其一为妻，我愿将国司之位拱手相让。"

大宫司答道："此事颇为棘手。实话实说，那两个女子性情倔强，

---

①古日本受中国影响极大，政治与经济皆照搬中国制度，制定了一系列歧视商人的政策。商人虽然富裕，但社会地位低下，处于士农工商阶层的底部，仅比贱民高一级。

②国司："国"是地方行政组织，"司"表示管理。国司即管理地方的行政长官。

即使是她们亲父的话，也不听从。此前已有无数人求婚，都碰了钉子。不过大人既已开口，我自然竭力去办。”

大宫司回去，唤来文正，转达道茂之意道：“恭喜你了，国司大人听说你女儿貌美，打算娶其中一位为妻，让你立刻把女儿送去。他已答应我，事成之后，将国司之位让予我，到时候你就做我的代官。两全其美，你看如何？”

文正喜形于色，急忙谢道：“承蒙提拔，万分感激。若能由一介村夫，一跃为官，在下将永世铭记大恩。”

文正急忙赶回家，在门口高声向家人宣布道：“大喜事，大喜事，我很快就是国司大人的岳父啦！小姐就要嫁给国司大人了，大家快做准备。”

莲华御前和莲御前听到这个消息，不喜反悲，伤心垂泪。文正之妻问道：“国司大人乃本地最高长官，地位如此之高，你们难道还不知足？还在做着嫁入皇家的白日梦？”

文正无奈，将实情告知大宫司，大宫司嗔怪文正之女不识好歹，实在是世间少见。随后又转告给道茂，道茂叹息道：“若能一睹二姝芳容，也不枉来此偏远之地一趟。只可惜落花有意、流水无情，我再待在此地也无意义，只好归京再觅佳偶了。”于是动身返回京都。

道茂到京后，立即前往关白[①] 府邸拜访。彼时惯例，往各国任职之国司，回京后，均须向关白大人详述任职地风土人情。道茂自也不例外，他说道：“下官于常陆国遇到一事，实在不可思议。此种人、此等事，真稀奇得很。”

关白之子官封二位中将，在旁听了，好奇道：“是什么事？”

---

①关白：天皇年幼时，太政大臣主持政事称“摄政”；天皇成年亲政后，摄政改称“关白”。

道茂答道："彼处有一鹿岛神社，神社大宫司座下有个下仆名唤文正，后来发迹，成了个大财主。他有两个女儿，娴雅美貌、知书达理，引来无数求婚者。哪知她们全不理睬，就连我这堂堂国司，想见她们一面，也被拒绝了。"

中将听了这番话，从此心中无时无刻不在惦念着文正的女儿。京中有不少门当户对的贵族，不断介绍自己的女儿给他，但他毫不动心，脑海中只有常陆国那两位绝色佳人。这大概就是前世有约，今生才会如此吧？可是如何能让她们知道自己的心意呢？中将百思无计，苦恼万分，很快就害上了相思病。

中将的双亲不知爱子为何得病，担忧不已，便去佛寺中祈祷，希望儿子早日康复。就这样到了秋天。

八月十五夜，明月皎洁，年轻的贵公子们齐聚一堂。中将勉强打起精神，来到庭中。大家奏起琴、琵琶、笙，乐声优美，惹人遐思。

中将触景生情，遂提笔作歌一首：

望月悲更甚，谁能慰我心？

题罢，以袖掩面而哭。

年轻的贵族子弟们见中将模样悲凄，都想道："最近中将大人总是郁郁寡欢，莫非有什么心事？"于是对中将说道："大人为何这般忧伤？如果有什么心事，不妨直言相告。大家年纪相当，正好一起商量。"

中将流泪道："此事虽难以启齿，但如今也不好再隐瞒了。今春卫府藏人道茂到我家拜访时，言及常陆国文正之女美貌绝伦，我听了动心不已，自此无时或忘。心心念念，只想着那两个女子。可是我出身名门高第，怎能娶卑贱的商人之女？倘若强行迎娶，又怕天下人的流言蜚语。所以伤心焦虑，得了相思病。"

大家劝慰道："难怪你终日长吁短叹了。相思成疾乃是最痛苦之事。既然你一心想见她们，又怕坏了名声，那么我们陪你一起去常陆国走一趟吧。"中将闻言登时转悲为喜，巴不得立刻就出发。

但是，以中将为首的诸位贵公子，从未离开过京都。常陆国是偏远之地，他们一身华丽装束，到了那里实在太显眼。于是他们决定乔装打扮成商人，置办了一些商品放入驮箱中，准备动身。

出发前，中将来到双亲跟前拜别，谎称要去旅行。父母虽然担心他初次远行，但想到整日愁眉不展的爱子可以出去散散心，便答应了。中将道："此番远游，或许路程较长，所需时日也较多，请二老不必为我担心，我会照顾好自己的。"说罢，洒泪告别父母，出门而去。

他与同伴们会齐后，改穿上布衣、草鞋，于九月十日离京，正式踏上前往常陆国的路途。他们一行人中，中将十八岁、式部大夫二十岁、藤右马助二十一岁、兵卫佐二十五岁。

一路前行，来到三河国附近。由于不惯走远路，他们的双脚都磨破见血了。清晨时，在一座山里，他们遇见一位七十岁左右的老人。老人问道："诸位自何方而来啊？"

中将答道："我等是京都来的商人，要去常陆国做买卖。"

老人道："哈哈，诸位哪里像商人呢？这位其实是名满京都的关白大人的公子，二位中将。其余三人分别是兵卫佐、藤右马助、式部大夫吧？你们是为了中将的相思之苦，才离京出行的。努力向前吧，中将大人，今年冬天，你一定会如愿以偿的。老朽看到了你头上有紫云飘舞呢！"

中将见老人说破隐情，不禁大惊。但听说自己将如愿以偿，又不免高兴。于是取出一领小袖，要赠送给老人。

老人道："不必客气。老朽乃预见翁是也。"言罢，消失得无影无

踪。

中将大喜,顾不得双脚疼痛,急急向常陆国赶去。

到达常陆国后,中将一行人首先去鹿岛神社参拜大明神。中将祷告道:“愿与文正之女百年好合。”祈祷了一整夜,直到黎明时才动身离开神社。

途中,他们向一户人家询问文正宅邸在何处,那户主人详细说与他知。

终于,中将等人来到了文正的宅邸前,驻足细观,哇,高堂广厦,真是气派。他们不禁赞叹道:“没想到偏远之地,竟也有如此豪富人家。”看这深宅大院,也不容易进,该如何接近文正的女儿呢?

这时,宅中走出一个侍女,问道:“各位从哪儿来?到此有何贵干?”

中将回道:“我等是从京都来的商人。”

侍女道:“哦,是生意人。我家主人挺喜欢和买卖人交往,请进吧。”

中将等人大喜，跟随侍女走进庭中。他们将驮箱里的商品一一摆出，开始叫卖。那些商品中有不少是稀奇的珍品，中将他们就像极乐世界里的迦陵频伽[①] 那样能说会道，用种种好听的说辞，向宅中的仆人们推销着。

文正宅中的仆人，大多来自乡下，但也有出身大城，见过世面的。其中一个就是京都人，相貌既美，为人又乖巧，还懂得作歌赋诗，所以文正让她专门服侍小姐。

这个侍女仔细观察来者，心中暗想：“这些人虽说穿着普通，自称商人，但瞧他们的言行举止，完全是京都贵公子的气质。难道是小姐拒绝那个国司的求婚，国司回京都后一说，引得这些贵公子慕名乔装而来？”于是她急忙向文正禀报：“外头来了几位京都商人，举止颇为有趣，老爷何不去瞧瞧？”

文正打开妻户[②]，走到庭中。只听阵阵叫卖声传入耳中，那几个商人正在向宅邸中的仆人们推销商品。“真是有趣啊！”喜欢做买卖的文正看得津津有味。

中将向同伴们递了个眼色，彼此明白走出来的这位就是文正了。但他们故意摆出毫不在乎的神情，继续做着生意。

文正听他们巧舌如簧，介绍商品娓娓动听，颇生投缘之感，反复听了多遍，仍觉不腻，便想留他们在宅中过夜。于是问中将道：“诸位可曾有下榻处？”中将答道：“尚未决定投宿何处，如不嫌弃，可否在贵宅借宿一晚？”

文正立即答应道：“那就在敝处歇下吧。各位的商品，我也会买

---

①迦陵频伽：又名美音鸟，佛教中能唱最动听音声的神鸟。
②妻户：旁门、角门。

些的。”

中将一行人也是求之不得，随即高兴地应允了。

文正亲自带中将等人来到客房，命仆人备好热水，给客人洗漱。

文正留心察看几人的举止，觉得他们谈吐文雅、气质不俗，就像昔时的业平① 和光源氏②一般。心中不由称奇。

接着，文正命仆人摆出丰盛宴席，招待来客。不一时菜肴上齐，文正请中将等人用餐。

仆人们在一旁服侍，见京都来客们将高座漆盘里的食物，拨到小盘中，大感好奇：“京都里的人吃饭真讲究啊，难道吃不惯偏远之地的食物？还有，他们为什么都请中间那个清瘦的男子先吃，自己却恭恭敬敬地低头等候呢？”

“嗯，如果直接吃高座漆盘里的食物，声音、姿态便不雅观，所以要拨到小盘里，细嚼慢咽。看来他们都很有教养，绝非普通人。”文正这么想着，开始殷勤劝酒。他举杯道：“诸位，身为主人，在下先干为敬。”说罢自饮三杯，而后向中将敬酒。中将无法推辞，也只好喝了。

中将的同伴们面露不平之色，均想：“中将大人乃堂堂关白之子，在京中时哪个敢先于他饮酒？”中将虽也觉文正此举不妥，但也无可奈何，毕竟是自己在刻意隐瞒身份。

酒过三巡，文正已有了数分醉意，说话也没了顾忌，笑道：“在下虽然出身卑贱，却蒙鹿岛大明神庇佑，生了两个如花似玉的女儿。我竭尽全力培养她们，使她们芳名远播。各国的大名们争先恐后来求婚，可是都被我女儿拒绝了。在下以往的旧主，也就是鹿岛神社的大

①业平：指日本著名歌人在原业平（825—880），曾任右马头，左近中将，世称在中将。其人才华横溢、风流倜傥，居“六歌仙”之首，所咏恋歌为多。

②光源氏：《源氏物语》的主人公，有着光辉灿烂的俊美外表。

宫司，他为自己的儿子求亲，也不能如愿。后来国司想娶我女儿，也被拒绝了。她们一心向佛，我也不能强逼她们出嫁。这儿虽说是偏远之地，但美女不少，诸位若是喜欢，我可以找十个、二十个美女来服侍你们。还请诸位在敝处多逗留一阵，好好玩赏一番。”

中将等人听了这话，都感可笑。

酒终宴罢，中将在所携商品中，挑出一方精巧的砚台，装入袋中，作为礼物送予文正的女儿。莲华御前和莲御前虽生于豪富之家，见惯宝物，但对如此珍品，却前所未见。她们细观砚台，发现其间藏有一张红叶色的信笺，上书一首和歌：

为恋丽姝行千里，泪流如血染红叶，此心愿诉婵娟知。

此歌文笔优美，书法上佳。姐妹俩收到过不少情书，但没有一封比它更吸引人，更令人动心。

姐妹俩本打算将礼物退回去，但考虑再三，最后还是由姐姐莲华御前收下了这方砚台。

此时，在外间，文正招呼中将等人道："诸位，闲坐无趣，敝宅西面有一佛堂，不妨移步彼处。"

中将等人便起身来到佛堂，但见金碧辉煌，即使是京都的大寺院，也没有文正家的佛堂气派。堂上还罗列着各种乐器。中将自离开京都后，已多时不曾触碰乐器，不禁技痒，于是取过琵琶开始弹奏。兵卫佐抚琴、藤右马助吹笙、式部大夫吹横笛，一时间妙乐回荡、天音流淌。

文正家的侍女们闻声而至，静心聆听。虽然她们不懂所奏雅乐是什么曲目，但美妙的乐声却令她们如痴如醉。

文正也听得心迷神醉，赞赏道："有生之年得能聆听如此妙乐，快哉！若我再年轻一些，真希望能拜诸位为师啊！"言罢，命仆人取出各色宝物，送予中将。中将见他诚恳，若拒绝反而不美，便道过谢收下。随从悄悄打趣道："哈，这是先收嫁妆啦。"

莲华御前自收到中将的和歌后，业已芳心萌动，但又想到："从这信笺的笔迹还是很难断定他的身份，说不定身份还在国司之下呢。那样的话，我就要让人讪笑了。"

她听侍女说中将弹奏妙乐的事，便央求母亲道："据说那几个商人演奏古琴、琵琶，甚是优美，女儿也想听听。"

她的母亲立刻去和文正商量，文正也正有此意，立即答应了，并对中将等人说道："诸位可否将妙曲再奏一回，在下的大女儿也想欣赏欣赏。"

这正中中将下怀，他按捺住心头狂喜，急忙端正坐下。莲华御前也来到佛堂，在垂帘后端坐。这场面全然不像是在偏远之地，倒像在风雅的京都中。

麝香流动，充溢佛堂。中将等人比以往更加用心地弹奏起乐器。音色之佳、曲调之雅、技法之高，人间罕闻罕见。莲华御前凝神倾听，深深陶醉。中将虽因相思病而面容消瘦，却更添一种别样潇洒的气质。

中将隔着帘子，难以看清文正女儿的相貌，他心想："要是风能把帘子吹开，让我瞧瞧小姐的容貌，哪怕只有一眼也好啊！"

忽然，真的吹来了一阵风，将垂帘"嗖"一下吹得卷起。一瞬间，中将与莲华御前四目交投，彼此都看清了对方。

中将的心登时扑通直跳。啊，如此美貌的佳人，就算是唐国的杨贵妃也不能相比呀！

中将深受鼓舞，弹奏愈发卖力，风管鸾笙，清耳悦心，即便是不识风雅的人，听了也流下赞叹的泪水。莲华御前更是听得怦然心动。

奏乐完毕，众人各自散去。莲华御前和中将已是两情相悦，却都不知该如何得谐好事。

文正又进前向中将敬酒，中将无奈，接过酒喝了。文正道："适才已向诸位说过，敝宅美貌侍女颇多，晚间若需要服侍，尽管开口。她们现在都在伺候小女，瞧，北面那些屋子，就是小女闺阁所在。"说着，用手指了指。

"多谢阁下盛情。"此举正是中将所希望的，他向随从们递了个眼色，随从们会意，也都相视一笑。

到得夜静更深时，中将估计宅中众人都睡熟了，便悄悄起身，蹑手蹑脚地走向北面文正女儿的闺房。

莲华御前自白天目睹中将的风姿后，也一直惦记着他。此刻侍女们都已睡下，唯有她独自一人坐在窗前，眺望着月光皎洁的天空，默默想着心事。

这时中将已来到闺房窗下，莲华御前见窗前人影一闪，吓了一跳。再定睛一看，竟是白天时见到的心上人，不由得心头鹿撞，急忙想关上窗格。但中将却快步上前，越窗而入，和莲华御前面对面站着。

莲华御前芳心乱跳，惊慌失措。与年轻的陌生男子如此近距离接触，还是初次。中将将自己的渴慕之情，一股脑儿地告诉给心上人。望着温润如玉的中将，莲华御前虽已倾心，却仍不免有所顾虑，说道：“来向我求婚者，数不胜数，其中不乏高官，都被我拒绝。如果嫁给你这样一个商人，不但惹人讪笑，只怕父母也无颜见人了。世间人言可畏啊！”

中将心想，反正总有一天她也会知道我的身份，索性现在就说了吧。于是便将自己的身世、卫府藏人到府叙话、自己相思成疾、乔装商人前来此地等事，一五一十，详细地说了。莲华御前惊喜交集，害羞答应了中将的求爱。当晚两人相依相偎，恩爱缠绵。

秋夜虽长，而良宵苦短，转眼天边已露出鱼肚白。中将写下一首和歌相赠：

相思行千里，今朝愿得遂。只恨良夜短，情话诉难尽。

莲华御前含情脉脉，作返歌道：

远乡卑微女，今宵喜高攀。恩爱正无眠，黎明却已至。

中将虽然见惯了京都中高贵的女子，但像文正女儿这样才貌双全、完美无瑕的，却是生平仅遇。心中对莲华御前愈发爱恋。

自此，每到夜深人静时，中将便前来与莲华御前幽会，两人恩爱日笃。

文正宅邸仆人甚多，频密幽会，终不免被人知晓。不久文正府中上下，人人皆知大小姐与京中来的商人私定了终身。文正妻子知道后，对文正说道：“实在太不像话，以往有头有脸的大名、国司来求婚，

你女儿偏偏不嫁，如今却要让一个小商人做你的女婿了。倘若传扬出去，岂不是丢尽了脸？不如将他们赶出家门吧。”

文正也十分生气，便打算将大女儿和中将赶走。这时鹿岛神社的大宫司听说文正家的客人擅奏管弦，且是京都的雅乐，便命人来报，说自己将到府欣赏妙乐。

文正将此事转告中将，中将等人料想今日已瞒不住真实身份，便决定亮明身份。他们穿上贵族服饰，修眉、扑粉、染齿[1]，登时换了新貌，器宇轩昂、仪表不凡。

大宫司带着儿子，乘舆而来。文正急忙将他请到佛堂。这时中将等人也来到佛堂，文正见到他们的穿着打扮，心生疑虑，正要发问，

①修眉、扑粉、染齿，都是古时日本公卿贵族的特征。日本民俗中以白色为最高贵，宫廷贵妇与公卿都会在脸上薄薄略敷一层铅白粉或水银白粉。“染齿”是将铁屑浸入酒、茶、醋中，置于暗处发酵两个月，使其出黑水，制成铁浆。然后用羽毛、笔、杨枝、毛刷等将铁浆涂抹在牙齿上。

大宫司已惊呼道："哎呀，这是在做梦么？怎么京中关白大人的公子竟然在此？据闻中将大人行踪不明，各地都在寻找他呢！"说着，赶忙迎上前去。

兵卫佐拦住道："大宫司退下，不得无礼，惊了大人。"

文正尚未明白过来，责道："这成何体统？京都来的区区商人，竟敢随意呼喝大宫司？"

大宫司急忙解释道："文正，你还不知情么？这位就是赫赫有名的关白大人的公子，二位中将大人啊！在京都无人不知、无人不晓。如今千里迢迢，屈尊到你府上，是无比的荣耀呀！"

文正大惊失色："什么，他竟然是关白大人的公子？我竟然到此刻方知，太失礼了。"但他随即又喜不自禁："哈哈，关白大人的公子是我的女婿啊！"

府中的仆人们也骚动起来："没想到呀，那商人竟是关白大人的公子！"

大宫司恭恭敬敬地行过礼，将中将请入官舆，一路护送，来到自己宅邸。随后又将寻到中将的消息飞传关东八国。各国大名们知悉后，立即赶来拜会。他们都说："难怪我们的求婚都被拒绝了，原来大小姐有这等福缘啊！"

中将已不想再在常陆国耽搁，准备带莲华御前回京。大名们争抢着讨好，率领一万骑护送。

文正府中的侍女们纷纷为大小姐上京忙碌起来。

"照顾大小姐的侍女虽多，但还是要拜托大宫司的夫人贴身照顾啊。"文正向大宫司请求道。

大宫司当然求之不得。大名夫人们也争先恐后地讨好巴结。

终于到了离别的日子，文正夫妻流泪送别爱女，虽然难舍难分，但想到女儿有个好归宿，心中都大感欣慰。文正命人打开库房，取出成箱的宝贝和金银玉饰，作为嫁妆放到中将的车上。随行的一百名侍女打扮得漂漂亮亮，热热闹闹地启程进京。

无数人聚集在路旁围观，交头接耳，对文正和他女儿的福分都羡慕不已。

千里迢迢，在路非止一日，三月上旬，中将一行人到达京都。此时正逢春季，原本埋没于偏远之地的千金，如今幸福花开，灿烂的樱花仿佛也在祝福着她。

中将已事先写了书信，飞马报与双亲。关白夫妇虽略感儿媳出身卑微，但毕竟是爱子所中意，也就坦然接受了。

莲华御前华服裹身，莲步轻移，仪态高雅。关白夫妇细看她的相貌，只见柳眉如烟、鬓髩如云，正是十四五岁的曼妙年华，明艳端庄、皎如秋月，简直就是天仙下凡。中将之母惊道："我见过不少高贵的名媛丽姝，可是如此天香国色，却是初次得见。从前，那个有名的光源氏的多位夫人和女儿中，也有特别美丽的，比如紫之上①、女三宫②、明石中宫③等。如今这位莲华御前，比起她们，有过之而无不及啊！"由此对莲华御前十分疼爱。

关白赐予大宫司和他的夫人许多奖赏，他们欢欢喜喜地回常陆国去了。

中将"失踪"后，天皇十分担心。所以当中将进宫拜见天皇时，天皇的喜悦可想而知。

"爱卿平安归来，真是件令人高兴的事。"

---

①紫之上：又称紫姬、若紫等。葵之上过世后，为光源氏实质上的正室。
②女三宫：朱雀院的皇女，光源氏第二任正室。
③明石中宫：光源氏与明石之君的独女。

中将道过谢，将此行的经过详细告知天皇。天皇喜道：“如此说来，你那夫人的妹妹，也有倾国倾城的美貌喽？”

“正是。她的相貌，比吾妻更美。”

天皇听了，立即派遣敕使前往常陆国宣旨，召文正的小女儿入京。

文正接到圣旨后，先喜后忧，对敕使说道：“草民的大女儿已经嫁给了中将大人，去了京城。草民本打算将小女儿留在身边养老，如果也去了京城，草民就老来无靠了。这可如何是好？”

于是敕使回京，将文正的顾虑禀告天皇。天皇下旨，令文正夫妻与小女儿莲御前一起进京。

莲御前的相貌果然比姐姐更美，天皇一见之下，惊为天人，倾心不已。立即宣旨，封莲御前为贵妃。文正也父凭女贵，得到天皇重用，官至大纳言。从此在京中过着富贵体面的幸福生活。后来寿至百岁，无疾而终。

文正以区区盐贩起家，卑微低贱，却不知前世积了怎样的善行，今生有此幸运果报。先富后贵，长寿安康，令人好生欣羡。读者诸君若也能行善积德，亦必有如此的好造化。

穷神与福神

很久以前，有个年轻的后生，父母早亡，他独自住在村里的小茅屋里，艰苦度日。由于家境贫穷，他多年后才在热心人的介绍下，娶上了媳妇。邻居们都替他高兴，齐来祝贺。

这个后生其实非常勤快，又能吃苦，但生活就是不见起色。真正的原因，是他家里住着一个穷神，所以一直无法致富。

穷神在角落里默默注视着前来祝贺的左邻右舍，心想："有什么可祝贺的呢？我住在这里，什么好事都会变成坏事的。唉，也真对不起那后生了。"

新媳妇不仅人漂亮，而且十分能干，由早至晚，忙个不停。

"真是好妻子啊，我更要加把劲儿了！"丈夫比以前更勤奋了。

夫妻俩对穷神的存在毫不知情，他们努力工作，一心要改善生活。每天一听到鸡鸣，天色还未亮时，他们就起床了。擦把脸，立即下田，辛勤劳动。夫妻俩恩恩爱爱，形影不离，田地里留下他们数不清的汗水和欢笑。

每到吃饭时，妻子不管吃的是饭还是粥，都会先盛上一碗，供奉神明，并敬告道："护佑我家的神明，请享用。"

这可让穷神为难了，他想："古往今来，从来没有人尊敬过我，况且他们又这么勤劳，我又怎忍心再让他们受穷呢？看来我得走了。"于是他变得越来越无精打采，身体和力量也都变小了。

夫妻俩努力奋斗，日子渐渐地富了起来。到了第三年的除夕，他们备下酒菜和年糕，打算过一个好年。夫妻俩开心地唱道：

新年明日到，齐穿新衣裳。

年糕比雪白，佳酿似蜜甜。

忽然，从天花板传来"呜呜"的哭泣声。

"咦，是谁在哭？"夫妻俩惊讶地抬头一看，只见一个脏兮兮、又瘦又黑的老头正放声大哭。

"你是谁？为什么在我家哭呢？"丈夫问。

"呜呜呜，我是穷神呀，一直以来都住在这个家里，守护着你们。现在因为你们的勤劳肯干，所以除夕一过，福神就要来了，届时我就必须离开了。可是，你们待我真的很好，我舍不得走啊。呜呜呜，我好难过……"穷神哭着答道。

丈夫听说自家的守护神竟然是穷神，感到有点失望，但心想他毕竟也是神明，便说道："既然您长久以来一直守护着我们，那以后也继续住下去吧。福神来了，我们拒绝他进来。"

妻子也安慰道："是啊，我们会帮你赶跑福神的。"

穷神听了，惊讶不已，不敢相信夫妻俩说的。从古至今，人人都嫌弃穷神，何时有人对自己说过温暖亲切的话？这是第一次啊！

他感动得又“呜呜”地哭起来，不过这回是喜极而泣。

穷神哭过后，对夫妻俩说：“太谢谢了。那么，我就不走了。请让我饱餐一顿，才能有力气。”

“没问题。”夫妻俩早煮了一大锅饭，便端出饭和酒菜，请穷神好好吃了一顿。

穷神吃完，满足地对夫妻俩说：“真美味啊！现在有力气了，福神来时，我让他一步也进不了门。请你们帮助我。”

“嗯，我们一起帮你撵走福神。”

就在这时，除夕夜的钟声响了：“当、当、当……”

这钟声是神明换班的信号。

“咚咚咚”，传来敲门声。

夫妻俩去开门。福神得意扬扬地站在门口，说：“哈哈，我是人人期盼的福神，让你们久等了。”

他见到穷神，立刻斥道：“你这个脏东西，怎么还在这家里？这家人勤劳能干，这儿不是你待的地方，快滚。不然我就动手赶你了。”

“要走的是你。我在这里已住了很久，早把这里当自己家了。”穷神毫不示弱，冲向福神，和福神扭打起来。

可是身材瘦弱的穷神，完全敌不过白白胖胖的福神。不一会儿，穷神就累得气喘吁吁了。

在一旁观战的夫妻俩高呼道：“啊，穷神，当心！穷神，加把劲！”

福神听到这话，惊讶极了，问道：“你们怎么了？为什么支持穷神呀？”

夫妻俩不理他，一起上前帮穷神，合力将福神推出了家门。

被赶出门的福神，惊呆了。他从来没有碰到过这种事，太出人意料了。“身为福神，无论到哪里，人们都热烈欢迎我。可那家里的明明是穷神，理应招人厌恶，而应该供奉我才对啊！怎么颠倒了呢？”他百思不得其解，只好匆匆忙忙地离开了。

由于走时太忙乱，福神将随身携带的小金锤遗落在那户人家中。

“快看，这可是件宝贝哩。太棒了！”穷神拾起小金锤，开心地边敲边喊：

“大米快快来！”

“豆酱多多来！”

“银币滚滚来！”

随着这一声声喊，一包包大米、一桶桶豆酱、一堆堆闪光的银币，出现在屋里。

夫妻俩既惊且喜，也用小金锤边敲边喊道：

“宽敞的新屋来！”

“好看的衣裳来！”

霎时间，夫妻俩身上都换上了新衣裳，做梦般站在宽敞的新屋中。

夫妻俩兴奋得手足无措，抬头望向穷神。啊，瘦弱的穷神不知何时，已经变成了白白胖胖的福神，手里举着那个小金锤。

“好极了，好极了！”新福神高高兴兴地和夫妻俩一起庆贺新年。

从此，这家人过上了幸福富裕的生活。

梵 天 国

淳和天皇[①]御宇之际，有五条右大臣高藤者，姿容秀美、才华横溢，且家境富足，于四方皆有粮仓，几乎事事称心如意。只可惜膝下犹虚，无子承欢，实乃一大憾事。高藤每日为此长吁短叹，愁眉不展。

一日，高藤静心思量：“吾前世不知造下何等罪孽，竟报应今生一子亦无。即便吾寿至七八十岁，终究要一命归西。届时谁来接续香火？看来只能去向神佛求子了。”于是夫妇共谒清水寺，在佛前五体投地，参拜了三千三百三十三回，许下种种誓愿，唯求上苍垂赐一子。

“若所愿成就，当每月献八棱花形帐台、黄金白银三十三锭于尊前；又每日万灯供奉，连奉三年；延请百名僧侣诵《法华三昧经》，三年内日日不绝；并以金字书《观音经》三千三百零三遍。”

如此虔诚祈祷，到第七日拂晓，高藤忽得一梦，梦中只见一位高

①淳和天皇：日本第53代天皇，在位时间为823年6月9日至833年3月22日。

僧以庄严之声，对自己说道：“到此处来。”高藤便随他来到宝殿后。高僧取出一块琢磨过的玉，放入高藤左袖中。高藤登时醒了。

之后不久，夫人果然妊娠，生下一名男婴。高藤甚是欢喜，为儿子取名“玉若”。玉若一天天长大，光彩照人，父亲高藤十分爱他，时刻将他带在身边，寸步不离。

玉若两岁时，父亲带他往大内参觐。天皇道：“此事倒是从未有过先例。七岁小童上殿，以前还见过，仅两岁便入宫的，这是头一回啊！不过，既是右大臣之子，便破例吧。”于是封玉若为四位侍从，赐丹后、但马两国。右大臣大喜，愈发悉心栽培玉若。玉若七岁时，已习得多门技艺，尤其是横笛，吹得极是优美。

七岁时，玉若之母染病弃世，右大臣悲伤无尽，寂寞萧索，儿子成了他暮年唯一的安慰。玉若长到十三岁时，右大臣也得了重病，不久

即一瞑不视。玉若痛失双亲，无言可寄哀伤，唯有吹笛以祭父母。

笛声悲凄，七日间响彻天宇。到第七日午时，日光隐去，紫云由天而降。十六名天女天童簇拥着一位乘坐在金舆中，头戴玉冠、样貌威严的天官，在云中现出身来。那位天官流泪对玉若道：“此前七日，汝为祭吊双亲而奏无上妙音，笛声传至天界，满天神佛皆为孝心所感。梵天国国王为嘉勉汝之孝行，特将爱女嫁汝为妻，定于一年后的今日下凡。届时汝须洁身斋戒，静心等候。吾乃梵天国使者是也！”言罢，驾紫云高升而去，消失在天际。玉若如在梦中，不知是真是幻。又不停诵经，为父母祈祝冥福。

到了约定之日，玉若忽然心感不安，于是洁身焚香，静心吹笛，等候梵天国公主下凡。

月夜清澄，银辉遍洒千万里大地。在一阵浓香中，天风吹动，降下花雨，一位芳龄十四五岁的公主乘金舆自天而降。她头戴晶莹玉冠、身穿五色锦衣、足踏金靴，美颜仙姿，凡间言语百般难描。

玉若对公主一见倾心，急忙道：“请进。”公主入屋后，两人彼此相望，言语投缘，遂山盟海誓，结为夫妇。

天皇闻知此事，心中不悦，叹息道：“朕受天子之位，天下尽在掌中，梵天王却不招我为婿，实在可恼。”

玉若此时已官至中将，天皇降旨，命他速速进宫见驾。中将乘马急驱大内，天皇对他说道：“朕欲汝妻入宫侍奉七日。汝若不愿，须将迦陵频（又作迦陵频伽）、孔雀取来，在宫中歌舞七日，以慰朕心。否则日本国再无汝容身之地。”中将应道：“臣明白。”立即转身回返自宅。

他和妻子商量此事，梵天国公主道：“夫君勿忧，我父王宫中有无数迦陵频与孔雀，可即刻召它们来歌舞。”言罢来到长廊下，以梵天国语言呼道：“梵天国之迦陵频与孔雀，请下凡来见。”不一会儿，迦陵频与孔雀果然从天上飞落。公主便让中将带上二鸟，前往皇宫。

宫中自天皇而下，大家都围拢来观赏迦陵频与孔雀歌舞。众人虽早已听说迦陵频之音、孔雀之舞，妙绝天下，但却都是初次见到它们的舞姿、聆听它们的妙音，一时俱感开怀，天皇更是由衷满意。就这样宫中众人整整欣赏了七天的歌舞，乐不可支。可是七天后，迦陵频与孔雀却忽然凭空消失了。

天皇登时大感失落，但想到自己说好了观赏七日，君无戏言，也只能无奈作罢。

二十日后，天皇又唤中将入宫，命令道："速将鬼女十郎姬带到宫中，否则用汝妻子替换。"中将领旨后，急忙回家，难为情地与公主商量道："说来惭愧，天皇又有旨意，这回是要鬼女进宫伴驾。"公主微笑道："这有何难？鬼女乃我父王属下，立时便能唤来。"于是再度来到长廊下，以梵天国语言呼道："十郎姬，请下凡一见。"过了一会儿，鬼女十郎姬果然从天而降。

公主道："十郎姬，天皇想欣赏你的姿容，请你去大内七日，陪伴天皇吧。"鬼女答应了，跟随中将来到皇宫，奏丝竹管弦，侍奉天皇、大臣、贵族享乐。但七天后，鬼女也忽然凭空消失了。

天皇默想道："连鬼女都这般貌美，那梵天王之女岂非倾国倾城？"这样想着，心中对梵天国公主愈发思慕。于是便打算用更刁钻的难题来对付中将，而后把中将流放海外，届时就能将公主据为己有了。

天皇为此再次唤来中将，下旨道："这回你去将雷神请到皇宫来。"中将又应道："是，明白。"不过他这次回到家后，深感差事难办，所以未向公主开口。公主见他愁眉不展的模样，便问道："夫君，天皇又为难你了么？请告诉我吧。"中将把天皇的旨意告知公主，公主笑道："此事简单。雷神乃梵天国国使，请稍候片刻，待我请他下凡。"公主言罢，来到长廊下，取出扇子，"啪啪"扇了几下，以梵天国语言呼道："雷神，请下凡一见。"

霎时间，空中一小片乌云飞来，停在公主面前。公主对雷神说道："请您往皇宫一趟，逗留七天，以慰天皇。"雷神驾云，一路电闪雷鸣，飞向大内。

公主道："夫君，这顶宝冠给你。戴上后，可以防止雷鸣声震破耳膜，还能防止眼睛被电光闪坏。"中将依言戴好宝冠，急急赶往皇宫。

宫中，天皇下旨道："雷神哟，请响雷吧！"登时雷鸣电闪，轰隆隆、轰隆隆，仅一两响后，殿上人[①]们都吓得肝胆俱裂。四五响后，宫中所有人都被震倒在地，半死不活。天皇原想让雷神在大内伴玩七日，可现在刚开头就差点没了半条命。他将头缩进衣裳中，抖抖索索，跪伏地上，不敢动弹。中将由于头戴宝冠，遮住了耳目，因此安然无恙。

中将见宫中众人狼狈的模样，便对雷神说道："雷神哟，请静一静吧！"雷神立时静了下来，乌云也迅速消散。

中将归家后，天皇敕命紧接来到，赐封中将为中纳言。

五十日后，天皇又传中纳言入宫，说道："迦陵频、鬼女、雷神这三件事，你都能替朕办到，实在不易。朕的旨意你从未违背，真是忠心耿耿。所以，朕打算将最后一件难事交由你去办，请将梵天王的亲笔手书取来，如何？没问题吧？"中纳言答道："且容微臣考虑考虑。"言罢，出宫返家。

中纳言将此事告知公主，这回公主也颇感为难，皱眉道："此事

①殿上人：官阶在六位以上的官员，才被允许上清凉殿（天皇日常起居之所）议政，称为"殿上人"。

并不简单，我自嫁到人间，已历时颇长，一时甚难归返梵天国。况且梵天国距人间极遥远，要去彼处，咱们夫妻势必久别，这太令人悲伤了。”说着，不由一阵心酸，泪下如雨。

中纳言也哽咽道：“既然无法办到，就只好让你入宫侍奉天皇了。否则为夫就要被流放海外或是百济，届时你我便永世不得相见了。”

公主泣道：“梵天国女子一向从一而终，决不会另侍他人。夫君为何说出这等无情无义之语？我就算入虎穴龙潭、进刀山火海，也决不与夫君分离。”

中纳言感动不已，但仍然不知该如何向天皇复命。公主思索一阵，对中纳言说道：“从今日起，请夫君每日以冷水沐浴，洁身静心，向神佛祷告。七日后，登爱宕山顶，向下俯瞰，可见西北方有一条小道，从此道行七里，有一棵大树，树下系着三匹马，你将其中最瘦的那匹牵回家来。”

中纳言照公主所说行事，七日后登上爱宕山顶，果然望见西北方向有条小道。他顺道行了七里，在大树下看到了三匹马，便将其中最瘦的那匹牵了回家。

公主又吩咐道：“请多备马料。”中纳言问道：“需备多少？”公主答道：“用尽黄金三千两。”

中纳言心想这容易办到，便从北方仓库中支取了成色上佳的黄金三千两，全部买了大豆，一共三石[1] 三斗。而后悉数拿去喂马。那匹瘦马竟将大豆全部食尽，又饮饱水，随即将身躯连抖三抖，登时变成了紫磨金[2]制的金马。

公主细致叮嘱道：“夫君，你骑马于明日卯正[3]动身，向东方疾驰。等金马身躯震颤，以足蹴地，准备飞上天时，就立刻紧闭双眼，途中无论如何不要睁开。待它飞抵目的地后，身体会再度震颤，届时再睁开双眼。”

中纳言依照嘱咐，跨上金马，扬鞭踢镫。金马身躯震颤，四蹄蹴地，中纳言急忙闭上双眼。金马腾空而起，飞升天界。也不知过了多少时候，金马开始着陆，身躯又连抖三抖。中纳言睁开双眼一瞧，已身处一片宽广的沙地中。他翻身下马，金马昂首长嘶，身躯三震，飞向远方，消失不见。

中纳言沿着沙地上的小道向前走去，途中遇一路人，遂打听道：

---

①十斗为一石。

②紫磨金：最上等的金。

③“卯时”是清晨5点至7点。“卯正”是清晨6点整。

“请问此地系哪国管辖？”路人答道：“梵天国。”中纳言又问：“那么梵天国王宫在何处？”路人答道：“沿这条路向南行，不久后便能见到王宫。”

中纳言心中颇喜，便顺道向前走去。一路平坦，无山无林，放眼望去，沙地广阔无垠，完全无人居住。他行出不多远，无意中低头一瞥，脚下的沙子竟然已全部变成了黄金。再抬头望向前方，只见金壁银墙，绵延不绝，无边无际。墙内琼楼玉宇，玛瑙为砖、琉璃作柱、七宝装饰，神工天巧、美轮美奂。传说中的极乐世界，大概便是如此！

中纳言步入围墙中，顿见一片玉色光华，玉阶、玉台、玉亭、玉帘，满目晶莹。

十名天女环佩叮咚，自内堂款款步出，伸玉指指向南面。中纳言心想：“她们可能是示意我去南面吧！”便向南而行，果然一座宫殿就矗立在那儿。二三十根琉璃柱并排而立，殿中美玉铺地，玉案玉椅正对着自己。中纳言走上前，在一张玉椅上坐下。

刚坐定，五名天女便手托放有水晶杯的金盘，翩翩而来。她们在中纳言座前的玉案上，并排摆好五只水晶杯，随即退下。接着又有十名天女，前五名手捧金瓶，后五名手持银铫，莲步轻移，来到玉案前，将金瓶、银铫一一对应水晶杯，开始斟酒。五种美酒斟满水晶杯后，天女们又一齐退下。她们来时身姿优美，斟酒时花容含笑，进退有序、轻盈快捷，处处散发出典雅的美感。

中纳言心想：“美酒置于案上，看来是要请我饮酒了。可为何无人来劝酒？嗯，大概是梵天国的风俗如此吧？那我也不客气了，先喝一杯。”于是举杯就唇，略尝了尝，登时满口芬芳，回甘无穷。他禁不住一杯又一杯，将五种美酒全部饮尽。那不可思议的美味绝不存在于人间，饮后令人陶然忘忧，妙不可言。

饮过酒后，又出来三名天女，在案上摆放银碗、银箸、银箸支架，接着奉上银钵，钵中盛有晶莹白饭，看上去特别优美，一粒一粒发出半透明的光。天女们将白饭盛入银碗中，置于中纳言面前，随即退下。

中纳言正起筷欲食，却见隔邻一间屋中，有个非人非鬼、望上去像骷髅的怪物，手脚被铁链从八方紧紧锁住。那怪物见到米饭，哀求道：“俺快饿死了，请您让俺吃一口吧！”

中纳言素来慈悲为怀，心想：“此人或许是犯下什么罪行，这才被囚禁牢中。饿成这样皮包骨头，真是可怜。”于是说道：“你向前一点儿，把嘴张开。”罪囚便勉力将身体向前挪了挪，张开大嘴，露出舌头，竟有一尺多长。中纳言吓得毛骨悚然，心中十分讶异：“这太吓人了，瞧他身材矮小，舌头竟如此之长，看来不是一般的罪犯啊！”

中纳言将少许米饭倒进罪囚口中，他一口全吞了下去。刹那间，罪囚力气暴增，挣断铁链，冲破牢笼，纵身到案前，将剩下的米饭如风卷残云般，一气全吞下肚。然后踏破玉之宫殿，在暴风雨中腾空而起，飞向远方。

先前那些天女慌乱奔出，埋怨道：“怎么会变成这样！你太不幸了！”说完又急急忙忙去报告梵天王。

中纳言提心吊胆，不知闯了什么祸，也不明白自己为什么不幸。

这时，梵天王头戴玉冠，威仪赫赫地走了出来。他在正面玉座上坐下，对中纳言道：“吾女嫁往日本国后，与汝恩爱和睦，吾已悉知，心中甚喜。但如今却出了一桩祸事，汝可知适才逃遁的罪囚是谁？”

中纳言自然不知，唯有摇首无言。

梵天王叹息道：“适才乞食的罪囚，乃罗刹国百闻王。公主七岁那年，他闯入梵天国，欲强夺公主为王后。彼时，吾与四大天王相商，无论上天入地，都要将他缉捕。后来，终于成功，将百闻王关押于天牢中，定于明日将其车裂，暴尸荒野。”

中纳言大惊，小心翼翼地问道：“能否再将他缉拿归案呢？”

“此事已十分棘手了。汝可知适才所喂的，是什么米饭吗？”

中纳言再次摇首，深感内疚。

“不怕实言相告，那米饭非普通食物，乃南天极乐净土池畔所栽大米，食一粒便有千人之力，保千年之寿。贤婿乃吾贵宾，故而以此招待。哪曾想你却拿去喂了百闻王。百闻王吞下整碗米饭，已得神力，即便是天之铁链，也锁他不住了。如今只怕公主已被他强掳往罗刹国去了。”梵天王泣道。

中纳言闻爱妻有难，心中忐忑，但因有君命在身，既已见到梵天王，不得不先顾君命，再想方设法搭救爱妻。他强抑泪水，对梵天王道：“小婿有一事相求，请岳父大人赠我亲笔手书，我携回日本国，向天皇复命后，立即动身赶往罗刹国，誓死夺回公主。”梵天王闻言，点头应允，在金札上亲笔手书名衔，交予中纳言，随即下令道：“来人，护送中纳言回返日本国。”

中纳言虽初次到此，但因梵天国乃岳父之国，所以颇感依依不舍。又想到自己万里归国，爱妻却已不在，往后的生活实在难以想象。不由得泪迸肠绝。

梵天王见中纳言哀伤的模样，安慰道：“莫太悲伤，小女说不定会寄信与你。”

梵天国官吏齐集宫殿门前，为中纳言送行。中纳言跨上来时所乘金马，金马长嘶三声，纵身飞向归途。

风声呼呼入耳，不一时，金马降到陆地。中纳言睁开眼，自己已身处繁华京都中，正站在五条大道上的自宅前。

中纳言也不回家，立即赶往皇宫，将梵天王的亲笔手书上呈天皇。天皇喜道："此乃极其贵重之宝物，太难得了！"爱不释手地欣赏良久，才命人收入内匠寮[1]中珍藏。

中纳言了结皇命，归返自宅。由外观之，府邸并无改变，但迈入屋中，感觉便全然不同。百闻王显然曾侵入宅邸，女官与乳母见了中纳言，无不悲泣痛哭。公主用过的枕头、寝具全无变动，却已物是人非了。这一切到底是梦是真？中纳言心中凄苦，想道："倘若是梦，希望我能早点醒来。"

九月过半，秋意渐浓。庭院中落叶纷纷，飒然有声。风吹松枝，一室皆寒。世人常叹息秋风悲凉，而今中纳言独立寒秋，形单影只，感时心伤，泪珠濡湿了衣袖。

中纳言苦念爱妻，夜夜不能安寝。因不能入梦，其与爱妻相会于梦中的愿望亦告落空。久而久之，中纳言于人世深感绝望，遂生剃发出家之心。于是急急赶往京都清水寺。

中纳言于寺中流泪祈愿："吾自幼时起，便月月参诣佛祖。望菩萨念吾虔诚，恩赐公主与吾再见一回。若今生不能如愿，便请安排来世相会吧！"

翌日清晨，忽有一名八旬老僧立于中纳言枕边，说道："欲觅公主行踪，汝可速往筑紫博多港，于彼处乘船出海，百日内定能探得公主下落。"中纳言蒙蒙眬眬中分不清是梦是真，但醒来后立时明白这是观音菩萨在指点自己，于是马上动身赶往筑紫博多港。

到得港口，乘上一艘唐船，扬帆出海。船只航向何方，中纳言也不知晓。一连行了十三日，风急浪高，船主降下船帆，任船随海流推

---

①内匠寮：负责修理日本皇宫中器物，管理营造的部门。

送，二日后，漂到一个海滨边。

中纳言在海滨行走，见熙熙攘攘，往来者甚多。观察彼等样貌，大异常人，尽皆头发极短，向上直竖；肤色黝黑，身材高大。

这些人见到中纳言，交头接耳道："喂喂，看，那个是日本国人吧？"中纳言问道："此为何地？"答说："罗刹国。百闻王乃本国国王。"

中纳言又问："百闻王为人如何？"

众人答道："先前百闻王为夺梵天国公主，曾独身潜入梵天国，结果被四大天王俘获，关押于天牢中。后来食梵天国之米，获得神力，遂破牢而出，再夺公主。此番终于成功，今时本国王后，即梵天国公主。不过王后声称须为亡母念诵佛经千日以祈冥福，故而另建离宫居住。百闻王对日本国人恨之入骨，视为大敌，不准入境。所以你千万莫说自己是日本国人。"

中纳言对众人的好意十分感激。众人又问他："阁下可有技艺在身？让我等瞧瞧。"中纳言便取笛吹曲，众人听罢个个欢喜。

人群中有一位老人说道："请您今夜到我家做客，讲讲日本国的趣闻吧。"说完，带中纳言来到自己家。

老人对中纳言道："不瞒阁下，老朽亦是日本国人，家乡在丹后。三年前，在海上遇到风暴，被西风吹到罗刹国。阁下是日本何处人？能见到本国人，真是欣慰啊！"

中纳言答道："在下是筑紫人，乃遁世修行者，一向漂泊无定。今夜之事当真如做梦一般。我与您相同，也是受强风吹迫，漂流至此。请问百闻王宫殿在何处？我欲前往拜会。"

老人道："老朽的女儿，亦献与百闻王为妃。另有不少女仆陪嫁，送往宫中。百闻王对修行者颇有好感，咱们一起去吧。"

两人正谈话间，百闻王已遣使者来请，说道：“今夜有美妙笛音悠扬回荡，据说吹笛者系从远方漂流而来，请到王宫中一会。”中纳言正求之不得，便立即前往王宫。

百闻王见到中纳言，说道：“适才所吹妙曲，能否请再吹一遍？”中纳言持笛，又吹了一曲。百闻王赞道：“实是优美至极，令孤陶醉。”

别居于宫殿深处的公主，也听到了笛音，她知道中纳言已来到罗刹国，心想：“千里迢迢，夫君是如何到此的呢？”虽然她十分渴望立即奔出，投入夫君怀抱，但为夫君人身安全考虑，唯有强行忍耐。

入夜后，中纳言仍站在王宫的庭院中吹笛。公主心潮起伏，身心俱为爱恋之火所焦灼。

百闻王对中纳言所吹笛乐甚为喜欢，便留他长住宫中，一有闲暇，就来听笛。日复一日，中纳言知公主必已听到笛声，只是自己不能随意走动，公主也不便来会。两人心有灵犀，静候时机。

某日清晨，罗刹国的邻国日月国国王遣敕使来到，奉上国书，云：“敝国雄狮、猛象过多，滋扰民众，灾祸横生，敬请贵国相协围猎。”

百闻王应许，回书道：“事已悉知。”遂率兵三千人，乘三千里之车，如疾风般奔离罗刹国，驰赴日月国。

得知百闻王离开宫殿，梵天国公主对女官们说道：“我为母亲祈祝冥福，须一面焚香诵佛，一面以笛音敬奉。你们去把那位修行者请来，大家一起一饱耳福吧。”女官们欢喜异常，依言将中纳言请来。

百闻王既然不在，宫中众人皆感轻松，七日间听笛、劝酒，陶然于笛音美酒中，沉醉不醒。

公主见时机已到，疾步来到中纳言住处，说道：“夫君，我们终于又相见了。此刻宫中众人皆已醉倒，你我速速逃离吧。三千里之车虽已被百闻王乘走，但尚有一台二千里之车可供使用。我们就乘它逃走吧！”说着，手拽中纳言衣袖，向车屋奔去。

中纳言见到爱妻，惊喜交集，但他也知现在不是叙说衷肠之时，便跟着公主一路疾奔。

孰料有一名女官酒醉稍浅，比其他女官早醒。她听见暗夜中有什么声音在作响，急忙四处查看，发现王后与修行者都不见了踪影。“难道他们一起逃走了？”女官飞跑至车屋，那台二千里之车，果然也没影了。

这名女官急忙唤醒其他人，大家商量道：“此事可不得了，必须立刻击鼓向大王示警。太鼓一里设有一架，只要敲响，一路传递下去，虽千里之遥，大王片刻便知。”于是击鼓示警，登时国内外击打太鼓声纷纷响起。

鼓声传到日月国，百闻王道：“竟然击鼓示警，看来罗刹国出大事了！”急急乘上三千里之车，飞升上天，迅速赶回罗刹国。

罗刹国女官们惶恐来迎，将事情一五一十向百闻王报告：“请大王恕罪。先前到宫中来的修行者，实是日本国中纳言。他趁大王外出，将王后夺去了。不过中纳言所乘乃二千里之车，大王乘三千里之车追赶，不难追上他。”

百闻王听罢，怒从心头起，须发倒竖，豹眼环睁，牙齿咬得格格响，在原地气鼓鼓地来回走动。片刻后，脚一跺，纵身跳上飞车，腾空而起，向中纳言逃走的方向追去。

中纳言在空中遥见百闻王追来，对公主道：“我粉身碎骨亦无所惧，决不惜命贪生。只是要夫人与我一起遭难，实在于心不忍。”公主道：“如今说什么都无济于事。你我能结为夫妇，是两世修来的缘分。即便葬身波涛中，我也与你相伴。”言罢，泪下如雨。

这时，天边出现了迦陵频和孔雀的身影，正是先前在日本皇宫中歌舞的那两只大鸟。迦陵频飞到百闻王车前，用脚爪猛蹴飞车。飞车被蹴得左右摇晃，无法向前。孔雀则灵巧地飞到中纳言所乘车的后方，以脚爪蹴车，每蹴一脚，飞车就加速十里。孔雀不停地蹴车，二千里之车越飞越远。

紧接着，两只大鸟合二为一，在百闻王车前车后不断猛踢猛踹，三千里之车经受不住，直跌入地狱中。

中纳言的飞车终于平安飞抵日本国京都，在五条大桥上降下。

二人历经磨难，脱出生天，如做了一场梦般。他们回到自宅，只见庭院荒芜，门扉半掩，屋檐下杂草丛生。风吹松枝，似鸣悲声。夫妻俩不禁心生凄凉之感。

少顷，一人自宅中走出，问道："何人在门外？"中纳言道："是我啊！难道不认识了？"那名家仆陡然见主人归来，大为震惊，拜伏在地，放声大哭，说道："自您离家后，我等寻遍六十六国，却寻不到您的踪迹。今日您终于归来啦。"中纳言望着他，也泪流满面，一时间静默无言。

过了半晌，中纳言心想，该去大内参觐天皇才是。遂命仆人备车，匆匆赶往大内。

天皇听完中纳言的禀告，唏嘘感慨道："爱卿以凡俗之身，竟孤身远赴罗刹国，救出爱侣，实在可钦可敬。丹后、但马两国本系爱卿封地，如今再赏赐予爱卿吧。"

此后，中纳言便偕公主往丹后国定居。据说中纳言寿至八十，公主亦高寿至九十。夫妻俩一生和睦，美满幸福。

一寸法师

古时，摄津国难波地方有一对善良的夫妇，已经四十岁了，依然膝下无子。他们十分发愁，为此经常去神社中，向住吉大明神虔诚祷告："神啊，求您赐一个孩子给我们吧！哪怕只有手指头大小，我们也会好好照顾他的。"

所谓心诚则灵，在妻子四十一岁时，真的有了身孕，随后生下了一个可爱的小男婴。夫妻俩高兴极了。不过，这孩子非常小，身子只有一寸长。尽管如此，毕竟是自己的孩子，夫妻俩仍然对他爱若珍宝，用心抚养，并为他取名"一寸法师"。

一寸法师虽然聪明伶俐，但身子一直不见长大，到了十二三岁时，仍然只有一寸高。附近的孩子们见他是个小不点，就常常嘲笑他、欺负他。夫妻俩也心生疑惑，埋怨道："唉，难道是前生造孽，今生好不容易有个孩子，竟又这么古怪，怕是不吉利啊！不如赶他离家吧。

可是这样做，又于心不忍……”他们忧心得睡不着觉。

一寸法师十分孝顺，又有志气，心想这样下去，既不会有出息，也得不到幸福。于是毅然对父母说：“我年纪已经不小了，请让我去京都闯一闯，见见世面吧。我打算在那儿学点东西，将来做个有用的人。”

父母十分惊讶，母亲说：“京都很远呀，何况你个头又小，要走很长时间才能到啊。而且路上也可能很危险。”

但一寸法师心意已决，所以父母也不得不答应了。他们首先找来一根绣花针，给儿子作为宝剑，然后用稻秆做成剑鞘，挂在腰上。接着又将小木碗扣在一寸法师头上，当成帽子；用筷子做成手杖。一切准备就绪后，一寸法师怀着远大抱负，含泪跪在地上向父母磕了个头，便昂首挺胸地从住吉津[①]出发了。

①住吉津：日本古代港湾名，即今日的大阪湾。

他不停地走呀走，不知不觉中迷了路。啊，往京都的路，是哪个方向呢？

于是一寸法师蹲下来，向一只小蚂蚁问路："蚂蚁兄弟，去京都该怎么走呀？"

小蚂蚁见一寸法师只比自己高一点，感到很亲切，便热心地答道："首先穿过前面那个满是蒲公英的村子，再往前会看到一条小河，过河一直走，就能到京都了。过河时要小心哦！"

一寸法师道过谢，按照小蚂蚁的指引，向前走去，果然有个村子到处都是蒲公英。他又往前走了一段路，听见哗哗的流水声，到小河边了。

一寸法师摘下戴在头上的小木碗，将木碗当成小船，浮在水面上，自己跳了进去，用筷子做船桨，划动木碗，向下游漂去。

木碗船在河水中漂浮，水花不时飞溅到一寸法师身上。有时漂

过的树枝接近木碗船，一寸法师立即用筷子一拨，灵巧避开；有时大鱼游来，将木碗船撞得骨碌碌转，差点翻沉，幸好一寸法师身手敏捷，用筷子桨竭力稳住了木碗。他心中满怀对未来的美好憧憬，边划船边咏起和歌：

难波故里已远离，为求前程上京去。

经过长途跋涉后，一寸法师终于来到了京都。一上岸，他又把木碗船戴在了头上，把筷子当回了手杖。

他在繁华的京都到处转悠，看一切都觉得新鲜有趣。特别是四条、五条大道上，最为热闹非凡，货品琳琅满目，把人瞧得眼花缭乱。一寸法师小心翼翼地穿行在熙熙攘攘的大街上，尽量避免被人踩到。

“那儿有座雄伟的大宅，看起来应该是显赫人物的府邸，我应该去那儿拜访看看。”

于是他来到大宅门口，这儿是三条大臣的府邸。当时宅门紧闭，一寸法师便大声喊道：“劳驾，里面有人吗？”看门人听见了，急忙出来开门。可是一瞧门外，奇怪，一个人也没有啊。

看门人嘀咕着往回走，这时那个声音又从身后传来：“劳驾，有人吗？我要拜见三条大人。”看门人又反身开门，可是依然不见任何人影。

“我就在你的木屐上呀！”那个声音又说道。看门人低下头，惊讶地在自己高齿木屐的屐齿间，看见一寸法师站在上面。他急忙将这个小不点带到三条大臣面前。

三条大臣将一寸法师轻轻捏起，托在手心上，笑着问道：“你来拜访我，有什么事吗？”

一寸法师从容答道：“希望您能收我做家臣，允许我为您效力。”说罢，在大臣手上恭敬行礼。

“可是…… 你这么小，能做些什么呢？”三条大臣纳闷地问。

一寸法师信心十足地回道：“您可别小瞧我！我可以躲在您的怀里保护您！”

他话音刚落，正巧一只蜜蜂飞来，嗡嗡叫着，要蜇人。一寸法师拔出腰间的绣花针，大喝一声：“看剑！”一下子便刺中了蜜蜂。三条大臣大喜，又见一寸法师谈吐不凡、器宇轩昂，就答应接纳他为家臣。

一寸法师被安排去保护大臣的女儿春姬。春姬很喜欢小小的一寸法师，把他安置在一个玩具小屋里，还常常教他读书写字。一寸法师凡事都很用心，每天习文之外，还勤练剑术，并发誓要尽全力保护春姬。春姬看书时，一寸法师就帮忙翻页；春姬绣花时，一寸法师就帮忙穿针。两人相处十分愉快。

一晃三年过去了，一寸法师十六岁了，但还是老样子，身高一直不见长。春姬也十三岁了，貌美绝伦。一寸法师早已爱上了她，下决

心要娶她为妻。

某个晴朗的春日，春姬打算前往清水寺参拜观音。这时的京都，颇不安宁，人们都说有鬼怪出没，专抢美貌少女。三条大臣担心女儿出事，便从众多家臣中，选出数名身高力强的武士，随行保护春姬。一寸法师也自告奋勇道：“我也去，我也是家臣！”大臣答应了。由于一寸法师身子太小，春姬担心他在路上会被行人或者牛马踩到，所以把他藏在腰带的结口中。

一行人参拜完清水寺后，动身回府，途中忽然黑云翻涌、阴风阵阵，顷刻间飞沙走石、天昏地暗。狂风中现出两个恶鬼，一个是赤鬼，手里挥着槌子；一个是青鬼，手里舞着铁棒。赤鬼对青鬼说：“这姑娘真美啊，咱们把她抢回去吧！”说着狰狞地伸出巨掌，要来抢春姬。春姬的随从护卫，个个吓得魂飞魄散，丢下春姬自顾自飞奔逃命。

春姬手脚发软，大喊道：“救命！”这时一寸法师从春姬的腰带中挺身而出，向两个恶鬼大喝一声：“住手！有我在，你们休想作恶！”说完，一跃下地，拔出绣花针，奋不顾身地冲向恶鬼。

赤鬼见一寸法师跟豆粒一样小，不禁哈哈大笑，轻蔑地说：“就你这么个小虫，也敢向我们挑战？”伸掌将一寸法师抓在手中，张开口，咕噜一声吞进了肚子里。

赤鬼得意扬扬地转向春姬，狞笑道：“现在没有人保护你啦，乖乖跟我们走吧，哈哈……”他正要掠走春姬，突然惨叫一声，倒在地上，翻来滚去，口中大叫道：“啊，好痛，快停下，痛，痛死了！”

原来被吞进赤鬼肚里的一寸法师，正愤怒地用银针乱刺，赤鬼的胃被刺得剧痛难当，实在抵受不住，“哇”一声，将一寸法师吐了出来。

青鬼见此情形，气急败坏地抬起大脚，想踩死一寸法师。一寸法师飞身跳起，瞅准青鬼的眼睛，一剑刺出。青鬼痛得狂呼惨叫：“我的眼睛……什么也看不见了……”他双手捂眼，两脚乱踩，一不小心，失足跌下山谷摔死了。

赤鬼在一旁看得心惊肉跳，心想这小子绝非等闲之辈，自己还是快快逃命吧。恐惧之下，转身就逃，连手里的槌子也慌张得丢下了。

一寸法师跑回春姬身边，关切地问道：“你没事吧？”

春姬感激道：“谢谢你，一寸法师。如果没有你，后果不知会有多可怕呢！”

一寸法师道：“请你帮我个忙吧！那个土黄色的槌子名叫‘万宝槌’，是可以实现任何愿望的宝贝，用它敲一敲，要什么就有什么。”

春姬惊喜地说道：“啊，原来是个魔槌！一寸法师，你想要什么？是金银财宝吗？”

一寸法师道：“我不要金银财宝，我只想要我的个子快快长高。请你挥动槌子，帮我许个愿，让我长高，好吗？”

春姬捡起赤鬼留下的万宝槌，照一寸法师所说，挥动槌子，口中念着：“请把一寸法师的身体变高变大吧！”

真是太神奇了！在万宝槌的敲击声中，一寸法师的身子，迅速地长高，转眼就长得和平常人一样高了。他摸摸头，又跺跺脚，开心极了。

春姬望着高大英俊、充满男子汉气概的一寸法师，不由得芳心鹿跳。她回府后，将心事告诉父亲，三条大臣爽快地答应了婚事，并入宫在天皇面前保举了一寸法师。天皇对一寸法师勇救春姬的行为也十分赞赏，封他为少纳言。

一寸法师双喜临门，娶了春姬后，带着妻子回到家乡。他的父母见到魁梧健壮的一寸法师，以为是在做梦，又惊又喜，笑得嘴都合不拢。

一寸法师将父母接到京都享福。后来他官升中纳言、大纳言，和春姬生了三个儿子，幸福美满，安乐一生。

小　敦　盛

寿永三年秋，平敦盛[1]之妻玉织姬为避世人耳目，隐居于京都西山之麓。

一日，传来消息，夫君平敦盛战死沙场。玉织姬伤心欲绝，泣血捶膺："夫君弃妾身于不顾，独赴净土。妾身无依无靠，日后将如何过活？"以袖掩面，哀哀而泣，几至声断咽绝。

当时，夫君战死乃最大不幸。玉织姬万念俱灰，不愿苟活，屡屡生出殉情之心。但因身怀六甲，不得不含悲忍痛，冷静思索。想起夫君临别之际曾戏言："若我战死，你可改嫁源氏武士，把平敦盛忘了吧。"哪知竟一语成谶。又想到夫君曾嘱咐："倘腹中孩儿为男，将我

①平敦盛（1169 ~ 1184）：日本源平争霸时期的平家武士，位阶从五位下。传说他容貌俊美，多才多艺，尤其擅吹横笛。1184 年 2 月，源平两军在摄津一之谷爆发大战。年仅十六岁的平敦盛参加斯役，被源氏猛将熊谷直实取首。

金饰宝刀赠他；若是女儿，便送她一尊观音像。”言犹在耳，如今却阴阳永隔，当真令人泪下千行。

乌飞兔走，悲伤的日子一天天过去，终于到了分娩之日。玉织姬生下一个俊美的男婴，只可惜天下已无他容身之所。一之谷一役，平家大败亏输，源氏为绝后患，下令全力搜捕平家血胤及党羽，京中贴满重金追拿的文告。凡平家子孙，一旦被捕，十岁以上者枭首，十岁以下者或刀刺或沉江。杀得血雨腥风，平家一门个个胆寒。

玉织姬年纪尚轻，彷徨无计，提心吊胆，心想这样可爱的孩子，怎能见他被刀刺水溺？不如弃之道旁，让路人抱去，兴许还能留条性命。他是夫君唯一血脉，日后若能再见，便如见到夫君一般。决心既下，立即给儿子穿上夹衣，将金饰宝刀包裹在衣内，含泪走到京都下松一带，将儿子舍弃在路旁。

恰逢法然上人① 带着十余名弟子前去贺茂神社参拜，途经下松，忽闻婴儿悲啼，近前一看，是个俊美的男婴，不知被谁遗弃在此。上人暗想道：“瞧这婴孩所穿服饰，以及衣中宝刀，绝非普通百姓之子。想必是大明神令我救他，才有缘相遇吧。”于是将男婴抱回寺中，找了位乳母，悉心抚养。

岁月匆匆流逝，男婴已长成七岁的男童。他天资聪颖，对上人所教学问尽皆熟习，且善于触类旁通，上人很是喜欢他。

法然上人座下有一弟子熊谷入道②，法号莲生。某日，他不经意间，竟发现小敦盛的相貌，与死于自己刀下的平敦盛十分相似，不免心生疑虑：“一之谷命丧我手的平敦盛，当时也不过十六岁，只是个大孩子。这孩童真的十分像他，实在是不可思议。”此后莲生每见小敦

---

①法然上人：法然坊源空（1133 ~ 1212），日本净土宗宗祖，又称黑谷上人。

②官阶在三位以上的官员出家，尊称为“入道”。熊谷入道即杀死平敦盛的熊谷直实。

盛，就会想起当年战阵上的惨烈一幕，禁不住泪流满面，心痛如绞。

阖寺僧众，都对小敦盛的来历颇感兴趣，每每问起，小敦盛总说自己是孤儿，并不知父母是谁，是上人在下松抱回养大。众僧都知他定有些来头，只是碍于环境，不便寻根究底。

一日，小敦盛突然来到法然上人跟前，哭诉道："大师，我是否因前生造孽，才令今世受罚，生于人世，竟连亲生父母也不知是谁。"上人也不禁哀叹落泪道："孩子，莫悲伤，虽然你是个孤儿，但完全可将我当作你的父母。"

可是小敦盛仍念念不忘，一心要知道双亲是谁，竟如疯魔了一般，饮食不进，如此过了七日。众僧担心他出事，聚在一起商议。上人问众僧道："这孩子为何会突然问我父母之事？你们中有谁知晓吗？"

熊谷入道近前答道："记得是去年某日，有位贵妇人来寺中听经，见到那孩子，便将他唤去，瞧样子对他十分喜爱。那贵妇人二十多岁，身穿'十二单'[①]，貌美如花。当时在场者较多，那贵妇也不多言，但我于暗处看得明白，她虽表面上装得与孩子不识，其实应颇有渊源。"

法然上人听罢，对围拢的人群说道："诸位，数年前老衲与几位弟子前往贺茂神社参拜时，路经下松，这孩子便是那时拾到的。老衲将他抱回寺中，请了乳母抚养，迄今已有七年了。但他最近为何突然提起父母呢？现在他已七日未食、滴水未进，在场有哪位若知他父母是谁，望能如实告之，此乃莫大的嘉言善行。即便这孩子系平家后裔，被六波罗[②]捕去刺死，想必他也无怨无悔了。"上人言罢，伤心垂泪，在场者也人人涕泗交流。

这时一位年轻贵妇从人群左侧越众而出。只见她穿着十二单，身材纤瘦、琼姿花貌，一望便知身份尊贵。那贵妇在众人注视下，盘腿坐到地上，将已饿得奄奄一息的小敦盛，半抱着靠在自己腿上，不停地轻声唤着，但小敦盛一直没有睁眼。

贵妇人哭诉道："虽然此事说出来羞煞人，但此时此刻也只好如实告诉大家了。我原是藤原少纳言通宪的孙女，十四岁时，与时年十五的平敦盛两情相悦，结为夫妇。夫君于寿永三年战死一之谷时，我已有孕在身。夫君临别之际曾嘱咐道，'倘腹中孩儿为男，将我金饰宝刀赠他；若是女儿，便送她一尊观音像。'后来我一朝分娩，生下一个男婴，相貌像极了他父亲。可惜普天之下，皆在搜捕平家后裔，年龄稍大者枭首，幼子则沉水。为保孩子性命无虞，我只能狠下心肠，

---

①十二单：日本女性传统服饰中最正式的一种，于10世纪后成为贵族女性的朝服。

②六波罗：指京都东山区六波罗寺一带，平清盛原先建官邸于此。平家败亡后，镰仓幕府设六波罗探题，负责警备京都情况、监视朝廷动向。

将他弃于道旁，心想让路人抱去，兴许还能留条性命。他是夫君唯一血脉，日后若能再见，便如见到夫君一般。所以我就把他丢到了下松的路旁。后来我打听到法然上人将这孩子拾回寺中抚养，真是谢天谢地。从此我一心想见孩子一面，去年某日，借听经的机会，终于见到了他。今日不知为何，心中又总觉得这孩子要见我，便又来寺中。哪曾想我那可怜的孩子，竟然成了这副模样。”

她话音刚落，不可思议的事情发生了。呼吸已经十分微弱的小敦盛，听到母亲的哭诉声，竟醒了过来。这定然是神佛护佑，才有此奇迹。围观众人尽皆喜极而泣。

小敦盛寻到母亲后，还希望见父亲一面。于是独自跑去贺茂神社，诚心敬祷于大明神：“请您大发慈悲，让我见见父亲吧，只要一次就行。”一直祷告了整整百日，到第一百日清晨，忽有一名八旬老僧，

拄拐立于小敦盛枕边，告诉他：“孩子，你自生下来起，就从未见过父亲，这实在不幸。你一定为此牵肠挂肚吧？速往摄津国昆阳野、生田一带，你会如愿以偿的。”小敦盛听了，十分高兴，登时醒了，原来是个梦。

天刚破晓，小敦盛就动身了。他由贺茂神社出发，前往摄津国昆阳野、生田。行了十余日，来到摄津国一之谷，忽然天色大变，电闪雷鸣、狂风骤雨。小敦盛栉风沐雨，艰难跋涉，心中隐隐感到害怕。海浪汹涌澎湃，拍击着巨礁，仿佛击打在他心上。他百感交集，再加上路途劳顿，苦不堪言。

这时，前方有座小佛堂映入眼帘，佛堂中灯光幽暗。这种地方竟会有佛堂？小敦盛心生好奇，向着灯光走近一看，有个人正在佛堂的回廊处绕行，边走边诵经。此人脸上薄敷白粉①，相貌俊美。

小敦盛轻叩佛堂木门，说道：“打搅了。”佛堂中那人应道：“此地偏僻，并无邻居，来者何人？”

小敦盛答道：“我为寻找生父，自京都而来，已在途中行了十余日，此刻天色昏黑，又兼风雨交加，故而想在贵处借宿一晚。”

佛堂中人开门道：“借宿无妨，请进。呀，你还是个稚童啊，父亲是谁呢？”小敦盛答道：“我是平家后裔，祖父乃太皇太后宫权大夫兼修理大夫平经盛，父亲名叫平敦盛。一之谷大战时，家父遭源氏大将杀害，我日夜思念父亲，故而在贺茂神社祷告百日，祈求大明神护佑，指点我见到父亲。结果神明托梦给我，让我到此寻找。我一路行来，不觉迷了路，走到了此处。”

---

① “脸敷白粉”是当时日本公卿贵族的特征。日本民俗中本以白色为最高贵，再加上平安时代宫廷建筑中深幽的长廊与房间，导致日照光线不佳，遂促使具有显现颜面效果的白粉在上层社会大量使用。当时宫廷贵妇与公卿多有扑粉，不过不是艺伎那种厚粉，而是薄薄略敷一层铅白粉或水银白粉。

佛堂主人听小敦盛说完，惊呼一声，不由自主泪下如雨，泣诉道："孩子，在你眼前的，就是你日思夜想的生父啊！天下竟有如此巧遇？你尚未降生时，我随军战于一之谷，源氏武将熊谷将我杀死，时年仅十六岁。八年来，我徘徊幽冥，饱尝艰苦。倘若你真心记挂为父，就多行善事，替为父积累阴德吧！"

"如此说来，您就是父亲大人了？"小敦盛欢喜若狂，扑进父亲怀中，将小脸蛋紧贴在父亲的胸膛。过了一阵，他对平敦盛说："父亲，和我一起回京吧，母亲也在等您。"

平敦盛垂泪道："我只是亡魂，又怎能回去见你母亲？即便见了，她也定然伤心欲绝，更加难受。所以不见为好。"他轻抚着儿子的头发，小敦盛路途奔波，本已累极，伏在父亲的膝上，睡熟过去。

平敦盛心中思忖："我心虽惦记妻儿，但人鬼殊途，岂能徒添家人悲伤？"于是取笔磨砚，拉过小敦盛左衣袖，在袖上写下一首和歌。他自知此身已不属人间，必须让亲眷彻底忘却自己。于是强忍悲哀，消失在夜色中。

待到小敦盛睡醒，才惊觉父亲已然不见。他无比惊讶，不明何故如此。借着黎明的微光，他发现自己睡觉时，竟是伏在一块五寸左右的膝盖骨上，其上已生满青苔。小敦盛恍然大悟，这是父亲的遗骨啊！他哀绝跪地，放声大哭，声声凄凉，回响于天地间。

哭了很久很久，他才缓过气来，将父亲的膝盖骨挂于颈上，流泪回京。途中，忽见左衣袖上写有一首和歌：

荒草没生田，悲声为谁哀；昆阳野中聚如梦，慈父一去儿莫念。

小敦盛将写着和歌的衣袖贴在面颊边，摩挲着，仿佛在亲着生身父亲。他禁不住再度悲从中来，伏在地上，失声痛哭。天地无言含悲，唯有哭声回荡在原野。

小敦盛颈上悬挂父亲遗骨，哀泣着返回京都。他见到母亲，奉上和歌。玉织姬瞧那字迹，确实是亡夫所写，当年分别的情形，霎时间一幕幕浮现眼前。她肝肠寸断，悲难自抑，心中唤道："夫君啊，且慢行，待我前来寻你。"但转念一想，自己若弃世而去，剩下这孩儿孤苦伶仃该如何是好？父爱已失，怎忍让他再失母爱？又让谁来祭奠夫君亡灵，祈求后世冥福呢？玉织姬左思右想，暂时绝了殉情之心，决定勉强活下去。

其后，她又默忖与其空度时日，不如建一座小佛堂，为夫君祈祷冥福。于是她在京郊择一偏僻处，盖了一间茅庵，为阴阳永隔的夫君每日祷祝。

"据闻到了极乐净土，夫妻可以同修'一莲托生'① 之躯。浮世不足恋，不如脱却尘缘，换上缁衣吧。孩子仍由法然上人照顾好了。"

玉织姬硬下心肠，将儿子送回寺中，而后削发为尼，改称"莲池

①一莲托生：来自日本净土宗的思想，善行者往生净土时，可在同一朵莲花上投胎转世。有"无论如何都在一起相伴"之意。

院”。如今她孑然一身、无牵无挂，将夫君遗骨安放于茅庵内，每日鲜花清水供奉，诚心祷祝。

不久后，玉织姬也弃离红尘，往生极乐净土。据说辞世时年仅二十三岁。

小敦盛在法然上人养育下，平安长大，终成比睿山一代高僧，并幸运地得享天年。

酒吞童子

话说自天地初辟以来，神国日本敬佛礼贤，四海清澄，一向太平无事，政通人和，百姓安居乐业。孰料醍醐天皇[①] 在位时，日本国的安宁却被一件大恶事打破，闹得人心惶惶。

原来，在京都周边的丹波国[②]，有一座巍峨高山，名唤“大江山”。山上住着一个大恶魔，纠结了一伙恶鬼，私自修建了铁铸的城堡，独霸一方。大江山是进出京都的必经之路，行人在妖魔猖獗的崇山峻岭中经过，完全无法保障安全。每当夜幕降临，大恶魔就下山劫掠，不仅在丹波国屡屡犯案，而且周边各国，甚至远方诸国，也频频遭他洗劫。尤其是繁花似锦的京都城中，无数美貌的妙龄少女都被掳掠走。

彼时京都有一位中纳言，名叫池田国方。他膝下育一千金，长得

①醍醐天皇：日本第 60 代天皇，897 年至 930 年在位。

②丹波国：属山阴道，俗称丹州、丹南、南丹。现在的京都府中部是其领域的一部分。

沉鱼落雁、亭亭玉立，是出了名的大美人。凡是有幸见过她一面的人，无不神魂颠倒；久慕她芳名的人，个个渴望能一睹娇容。父母对她更是爱逾性命，视为掌上明珠。然而，在一个月黑风高之夜，中纳言的千金却忽然失踪了。中纳言夫妇为此焦急不安，深深悲痛。阖府上下，包括乳母、下仆等人，也都慌得手足无措。

中纳言唤来侍卫，下令道："据闻京都中最出名的阴阳师[1] 安倍晴明，一向十分灵验，你立刻去将他请来。"侍卫应道："遵命！"随即飞步奔出。过了一阵子，将安倍晴明请到了中纳言府邸。

中纳言对安倍晴明道："安倍大人，人生在世，即便育有五十名子女，因系亲生骨肉，故而个个都是心头的宝贝，您说是吧？更何况我和夫人只有这一个女儿，自然愈发爱得如珍似宝了。可是就在昨晚，小女却忽然影踪全无，不知去向了。她今年年方及笄，自生下来起，

①阴阳师：精通阴阳术的专家。他们不但懂得观星宿、相人面，还会测方位、知灾异，画符念咒、施行幻术，能看见一般人见不到的恶鬼或是怨灵，不论多么强力的诅咒都能化解。借由森罗万象的卦卜和神秘莫测的咒语，阴阳师驱邪除魔、斩妖灭怪，成为上至皇族公卿，下至黎民百姓的有力庇护者！

就娇生惯养，养尊处优。如花般娇美，似蝶般艳丽，这样惹人喜爱的女儿，却不知是不是被可恶的妖怪给掳走了？如果她真的落入魔爪，那我这把老骨头不如也跟着她一起去了。爱女若不在，我们夫妇活着又有何意义？”说完，以袖掩面，痛哭失声。

他哭了好一阵才止泪，哀叹道：“今日请安倍大人来，便是想请您占个卜，查查小女的下落。只要能查实她的行踪，无论花费多少钱都行。请您起卦吧！”

安倍晴明乃是阴阳寮中首屈一指的阴阳师，他手握相书，俯首凝神，开始占卜。过得片刻，他猛然抬头，两掌一拍，道：“中纳言大人，令爱的下落在下已然知悉。她是被丹波国大江山里的恶魔所掳，所幸性命暂时无碍。我立即做法事祷告，求神佛护佑，保她性命。从这卦象来看，此劫的起因在于大人当年因无子息，故向观世音菩萨求祷，菩萨送女予大人，结果大人却未兑现许愿时的承诺。于是菩萨降罪，致生此劫。请大人速去观音寺还愿，如此则令爱获救有望。”

安倍晴明说罢，抬眼直视中纳言，随后告辞而去。

中纳言与夫人听了安倍晴明一番话，讶异非常。中纳言暗想，救女还须先禀明天皇。于是匆匆忙忙赶往宫中。

天皇闻奏，心中亦觉惊惶，遂召来文武百官商量。

太政大臣奏道：“往昔嵯峨天皇时，也曾有类似怪事发生，幸亏彼时有弘法大师[1]施展无边法力，降妖伏魔，封印住魔头，驱出国去，这才保得四海升平。现如今又出了此等祸事，该怎生是好呢？嗯，陛下，依微臣所见，不如敕命大将军源赖光去征讨大江山恶魔。源赖光是大名鼎鼎的豪杰，手下又有并称为“四天王”的卜部季武、渡边纲、坂

①弘法大师：即空海（774 ~ 835），日本历史上最著名的得道高僧。延历二十三年（804）入唐，师事惠果学习密宗真谛。大同元年（806）携带佛典经书、法物等归国。弘仁七年（816），他在高野山创立真言宗。

田金时和碓井贞光，再加上勇士藤原保昌，由这些著名的武士领头，必定一呼百应、英杰云集。届时天下的勇武之士一起杀奔魔窟，浩浩荡荡，就算再凶恶的魔头也会吓得胆战心惊。所以，陛下，请立即降旨宣源赖光觐见吧！”

“爱卿所言有理，准奏。”天皇随即下诏，命源赖光觐见。源赖光上殿面圣，天皇道：“赖光卿，丹波国大江山有恶魔作祟，闹得百姓人心惶惶。普天之下，莫非王土，岂能容邪魔外道肆虐害民？更何况大江山距京都颇近，愈加不准妖魔横行，为非作歹。朕任命卿为讨魔大将军，即刻出征，降魔安民！”

源赖光虽然口称“臣领旨”，心里却在犯难：“那妖魔本领高强，我一个肉身凡夫，怎能应付得了？再加上妖怪善于变化，倘若变成尘土树叶等，肉眼又怎能认出？可是圣命难违，不出征降魔也不可能。嗯，既然人力难伏妖魔，何不拜求本地诸位神祇，祈借神力除魔！对，为今之计，也只有此法可行了。”

赖光遂与部下分头行事。他自己和渡边纲前往石清水八幡宫，碓井贞光和坂田金时前往伊势神宫，卜部季武和藤原保昌前往贺茂神社，各行法事，诚心祷告，祈求各路神灵施予援手。日本乃八百万神之国，这些武士的祈祷，每位神灵都听到了。

祈神完毕后，赖光聚齐其他五人，商议接下来的行动。赖光道：“对手是魔物，以大军进剿，并无大用。不如只我等六人乔装打扮成修验者[①]，声言因迷路而在大江山中失去方向，借此四处探寻那个魔头的巢穴。待寻到地方，即行动手除魔。此法于目前看来，乃最佳之计。咱们收拾好行装，藏好兵器，这就启程吧！”其余五人齐声赞成，

①修验者：又称山卧、行者，指为得神验之法而入山修行苦练者。尊奉奈良时代初期的役小角为始祖。

于是整理好行装，将各自最称手的刀、剑等兵器，以及头盔、号角等必备物品藏好，秘密离京，向丹波国疾行。

两日后，这六名武士来到丹波国大江山，在山路上遇见一位樵夫在拾柴。赖光问道：“你可知这山中魔头的巢穴在何处？还请指条道。”樵夫答道：“前方有座山峰，瞧见没？攀过山峰，一路直行，再攀过几座山峰，翻过几个山谷，应该就到恶魔的巢穴了。不过迄今为止，从未有人活着到过那儿。”

赖光谢过樵夫，对同伴说道：“我等就攀过山峰，看看是何情形。”其余五人答应一声，尾随赖光继续前行。他们攀过一座又一座山峰，穿过一个又一个山谷，走了多日，来到山谷中的一条小溪旁。

一间简陋的小木屋就搭在溪边，屋中住着三位老者。赖光见状，心中生疑，暗忖：“荒山野岭，竟有人居住？这三人到底是何身份呢？”

这时一位老者走出木屋，说道：“将军不必疑虑，吾等绝非鬼狐所化。老朽乃摄津国蕨郡人，其他两位，一人系纪伊国音无里人，一人系京畿山城国人。只因前些时候，这座山中唤作酒吞童子的大魔头，抢掳走老朽三人的妻女，我们愤恨交加，故而决定进山寻那魔头拼命。一路艰辛，终于来到此山中。”言罢，老者招呼六名武士入屋歇坐。

武士们入屋后，另一位老者开口道：“诸位器宇轩昂，看来绝非等闲之辈。瞧这模样，只怕是受了皇命，重担在肩，来此山进剿酒吞童子的吧？吾等三人，妻女俱为魔头掠去，大仇不共戴天。如蒙不弃，就由我等为各位带路吧。来来来，诸位请先卸下行装，在此养精蓄锐。”

源赖光闻言，心中愈发大惑不解，默想道：“此事当真不可思议。这三位老者怎会知晓我们的秘密？他们究竟是何许人也？”尽管内心狐疑，但面子上仍要敷衍道：“老丈过奖了，我等也不过是凡人。只

因在山中迷路，这才兜来转去地寻路。此刻说来也确实疲惫了，既然老丈好意留我等歇宿，那就叨扰了。来，大家坐下，好好歇息吧。”说完，他先卸下行装，坐了下来。其余五名武士也一起坐下休息。

赖光取出美酒，对老者道：“且饮一杯。”三名老者应道：“多谢，我们各饮一杯吧。”众人边饮酒边叙谈。第三名老者道：“诸位气度非凡，不像是修验者。依老朽观之，应当是闻名天下的大英雄。唯有英雄豪杰，方能击败酒吞童子。似吾等老迈之躯，心有余而力不足，就只能干瞪眼啦。”

第一位老者接道：“那大魔头因为十分嗜酒，短发凌乱、面部血红，所以人称‘酒吞童子’。他每日都要喝得酩酊大醉，然后倒卧酣眠。一旦入睡，便彻底不省人事。老朽三人有一奇酒，名唤‘神变鬼毒酒’，只要给那魔头喝了，就不能再变化神通，亦无法飞天遁地。届时要杀要砍，听凭诸位处置。这酒对恶魔而言是猛毒，对诸位来讲却是妙药，只要喝下，立时变得力大无穷。”老者说着，又取出一个精炼头盔，对赖光道：“将军戴上这星甲盔后，便能斩下酒吞童子的头颅，而不会受其伤害。”言罢，老者将神酒与头盔都交给了赖光。

至此，六名武士已知三位老者其实是神灵所变，特来助一臂之力的。他们心中感激，泪流满面，一时间静默无言。

三位老者道：“诸位，动身吧！由我们在前头带路。”说完领头走出小木屋。六名武士紧紧跟随，越过逶迤山岭，跨过潺潺溪涧，蹚过浩浩河流，终于，来到一条大河前。老者道：“在这条河的上游，有一位十七八岁的妙龄女子，乃是出身高贵的世家千金。酒吞童子的具体情况，询问她便知。待诸位与那魔头交手时，我等三人会再来助阵。此刻不妨实言相告，我们正是石清水、伊势、贺茂三神社的神明，因受尔等临行拜谒，特地变化来助尔等除魔。”言毕，三位老者顷刻间消失不见。

六位武士所料果然不错，三位老者确实是神灵！赖光急忙领着其他五人跪倒在地，膜拜叩谢。

拜罢起身，照着三神明的指引，他们溯流直上，继续进发，到达大河的上游。果然，在河边有位十七八岁的少女，正埋头洗裳。那衣裳上沾满血迹，少女满脸泪痕，显然在边洗边哭。

赖光等人近前询问，少女惊愕道：“你们是何人？”赖光道：“我等来自京都，专程来救被掳女子。姑娘莫怕，你是哪儿人？”少女回道：“我是京都人，某个漆黑之夜，被恶魔强抢至此。双亲不见，自幼喂养我的乳母也不见，受困此处已经颇有些日子了。不知何时才能再见到亲人！呜呜呜……”她涕泪交流，痛哭失声。一面抽噎着，一面指路道：“前方不远处便是恶魔巢穴。只是凡人要来到此地，绝无可能。诸位是如何做到的呢？求求你们，救我回京都吧！”

赖光问道：“您是京都哪家的千金？”少女答道：“我是花园少将的独生爱女。似我这般的贵族千金，有十多人被掳在此。近来又有位中纳言的女儿，刚被抢来。只要是年轻貌美的女子，那恶魔一旦瞧中，就会去掠来糟蹋，蹂躏完了，再喝她们的血、食她们的肉。那场面简直惨不忍睹。堀河中将的女儿今天就遭了毒手，骨断躯折，流出的鲜血把衣裳都染红了。瞧，我现在洗的这件，就是她的衣裳。我们真是苦命人啊！”少女越说越悲伤，泪流难收。六名武士听了，心中悲愤，也跟着泪下如雨。

赖光劝道：“姑娘莫哭，我等此行目的，便是除魔救困。待剿灭那魔头后，会立即将你们全部救回京都。那魔头巢穴的地形如何，你细细说与我们知。”

少女道：“菩萨保佑。我不是在做梦吧？诸位真是来救难的？好，我现在就将魔窟的详细情形告诉你们。顺着这条河流向下，步行五百多米，便是魔窟所在。那是一座铁铸的大城堡，铁门紧闭，门前派有十余名小鬼轮流巡守。城堡中矗立数座大小宫殿，铺设琉璃瓦，垂挂珠玉帘，极尽奢华。铁堡的正殿前，由酒吞童子的得力属下‘四天王’把守，分别是石熊童子、虎熊童子、星熊童子、金熊童子。酒吞童子居于正殿深处，一到夜间，就强迫被抢来的少女服侍他饮酒就寝。”

赖光又问道：“那酒吞童子的相貌如何？有何弱点？”少女答道：“酒吞童子赤颜短发，身高丈余，发髻不系，任由头发披散。白昼显人形，夜晚现鬼形。头上生角，面目狰狞，可怖至极。他的弱点就是酷爱饮酒，喝得烂醉如泥后，倒头便睡。一旦入睡，任凭谁都唤不醒。只要诸位能设法入殿，灌醉他，就可随心所欲了。那魔头恶贯满盈，今日劫数难逃，必有恶报。诸位英雄，望谨慎而行。我在此为你们祷告，祝武运长久！”

六名武士谢过少女，按她的指点，顺流而下，来到铁堡的铁门前。在门前把守的十余名小鬼见到他们，相视一笑，乐道：“哈哈，咱们正愁没肉吃呢，瞧，有人自己送上门来了，当真是‘飞蛾扑火’。大家一起上，撕碎他们吃肉。”

小鬼们争先恐后，纷纷拥上，准备动手。这时，一个领头的机灵鬼忽然说道：“且慢。如此美味，咱们做属下的，难道可以私吞？我看要先禀过大王，再将他们分尸而食也不迟。”其他小鬼听了，齐声应道：“此言有理。的确不能私吞。”

于是一个小鬼整整衣襟，摆出正儿八经的模样，前往正殿中酒吞童子处，将铁门前的事如实禀报。酒吞童子听罢，吩咐道：“这可真稀奇，竟有凡人可以来到此地。无论如何，先把他们带进来，让我瞧瞧再说。”小鬼回去，将源赖光等六人领至正殿长廊下。

六勇士盘腿坐下等候。过得片刻，先是一阵腥风扑面，接着电闪雷鸣，一个模糊的身影在一团白烟中隐隐而现。酒吞童子来了！但见他身形高大，身穿大格子织物，下围红袴，肤色赤红，头发稀少且杂乱。手持铁杖，睥睨视人，形貌令人不寒而栗。

他开口问道：“俺这大山与别山不同，山高路陡、谷深壑险，并无道路可以通行。天上飞鸟、地上走兽，都不能到此。尔等凡夫俗子，是如何上来的？是从天上飞来，还是河里有大鱼载你们来？快说！”

赖光闻言，答道：“回禀酒吞童子大人，我等皆是修验者，之所以到此，其中有些因由。须知自修验道鼻祖役小角起，就有于崇山峻岭、杂树荒草中开辟道路的修行。役小角祖师在深山修行时，路遇三鬼——后鬼、前鬼与恶鬼，祖师为他们讲经说法，并送食赠衣，由此修验者与鬼神结下深厚情谊。而今我等仍愿与各路鬼神结好，以继修验道良好传统。”

卜部季武续道：“我六人情形都差不多。就说在下，本是出羽国羽黑郡人，于大峰山遇见其他五位，便一道精进修行。今年开春，因欲往京都览胜，大伙儿遂结伴同行，下山向京都而去。谁知不熟路径，半道迷途，鬼使神差竟来到此山。然不幸中有万幸，借此机缘而得以拜会酒吞童子大人，这实在多亏役小角祖师的引导，我等三生有幸啊！”

碓井贞光接话道：“俗语有云，同憩一树荫、同汲一河水，皆是前生缘注定。不但今生有缘聚首，来世亦得续缘。我等迷途中竟能来到贵处，便是此种缘分。望阁下容我等多住几日，在下随身带有美酒，愿把酒言欢，以庆相逢之缘。不知尊意如何？”

酒吞童子生性嗜酒，闻有美酒献上，心中大喜，哈哈大笑道：“俺也有好酒，请各位一饮。”于是领着六名装扮成修验者的武士，离开长廊，来到正厅。

酒吞童子举起酒杯，先递给赖光。赖光一看，那酒竟是血红色，想必就是用被掳少女们鲜血所调的血酒。赖光强忍心中愤怒，做若无其事状，接过酒杯一饮而尽。酒吞童子高兴道：“痛快，痛快！”随即命小鬼再倒一杯，给下一位客人。小鬼遵命斟酒，又倒满一杯，送到渡边纲面前。渡边纲接过，和赖光一样，强作镇静，喝光血酒。如此这般，六名武士都喝了血酒。

酒吞童子又问小鬼：“有啥下酒菜么？速呈上来。”一旁伺候的小鬼应道：“有。”将早先切下的人手、大腿盛在菜盘中，送到酒吞童子席前。酒吞童子望了一眼，吩咐道：“尽快做成菜肴，再送来下酒。”送肉小鬼答应一声，正要起身退下，赖光道：“且慢。不必费事，生食即可。”

言罢，从腰间拔出肋差[①]，将肉切成每块四五寸长，挑在刀尖，张嘴大啖，不一时便吃了数块。渡边纲见了，说道：“不可拂了酒吞童子

---

①肋差：日本武士随身携带的短刀，用于近战或剖腹。

大人的一番美意，这肉我也吃一块。”说罢将一块人肉扔进口中大嚼，看样子似乎甚是美味。

酒吞童子见他们连人肉也敢吃，笑问道：“诸位修验道的行者，未请教贵山头在于何处？修的是哪门佛法？不但茹荤饮酒，居然人肉也吃，真是罕见！爽快，够胆量！”

赖光肃容答道：“承蒙谬赞。我等身为修验者，凡他人诚心所赠之物，皆不可婉拒。即便心中不愿接受，亦不可对人明言。尤其于酒宴之际，更不可令他人扫兴。我等心中真正挂怀的，唯有一事——修行为重。依佛家观点，人生如梦，变幻无常。生于末世，命如朝露，故而我等追随佛陀潜心修行。佛法云，‘处处皆净土，此身即是佛’。不管是何食物，与水米均无分别。我等刻苦修身，最终目的乃是为了顿悟成佛。这番心思，能言于阁下，实是荣幸。”

酒吞童子听罢，大为钦服，急忙道歉道：“实在对不住，竟让诸位吃那样的酒菜。真心请各位原谅。”至此，酒吞童子内心的警惕已去了大半。

源赖光见时机已到，起身取出三位老者送的鬼毒酒，道："此酒系大峰山上的仙人所赠，乃人间罕见的佳酿，敬献阁下为礼，愿共饮同醉。为示坦诚无欺，在下先饮一杯。"说罢，他自行倒满一杯，举到唇边，一饮而尽。

酒吞童子也不疑有他，听凭赖光为自己斟满酒，接过就喝，一杯又一杯。那酒初下肚时，感觉绵滑爽口、醇香无比，美妙的感觉无法用言辞来形容。

酒吞童子喜形于色道："俺后宫中有几个心爱的女子，如此美酒，得叫她们来作陪，喝起来才更有劲。"于是，命小鬼唤来池田和吉田两位少女，在酒席间坐下，陪自己饮酒。

赖光见到两位贵族千金，说道："二位都是从京都来的吧？且让在下敬你们一杯。"言毕为两位少女各斟了一杯酒。

此时酒吞童子已喝到微醺，得意扬扬地开始自述身世："今日当真痛快，俺就把身世跟你们叨叨，助助兴。俺出生在啥地方，在哪儿长大，现在想来，都是一笔糊涂账，说不清了。俺也不想去弄清楚。记忆最深的，是俺自小就中意吃人肉，时常去村子里抢人家的孩子吃。越吃越上瘾，索性变化为童子的模样，去到越后国泽山寺中打杂。后来由于一件小纠纷，与寺里的秃驴们大吵一场。俺恨透了那帮秃驴，将他们杀得一干二净，连夜逃去京都比睿山。谁知比睿山有个厉害的和尚，叫传教大师[①]，一眼就识破我的真身，施法把我赶出了比睿山。俺无处栖身，只好在大江山落草，时不时去京都掳掠美女回来享乐。哪知京都也有个厉害的和尚，叫弘法大师，施展密法，将俺死死封印住。"

---

①传教大师：即日本天台宗创始人最澄（767 ~ 822）。曾入唐学佛，归国后在比睿山大兴天台教义。

赖光等人听得兴致勃勃，问道：“后来如何？”

酒吞童子道：“后来也不知啥原因，封印俺的法力越来越弱。终于有一天，俺挣脱了束缚，重得自由之身，又可以为所欲为了。俺于是去寻那弘法秃驴的晦气，哪知向人一打听，才知那秃驴已经死在高野山了。正因为他死了，封印俺的法力才会变弱。”

说到这儿，酒吞童子兴奋起来，提高嗓门道：“诸位也看到了，自从弘法死后，再没人能制住俺，方圆几百里都是俺的天下。高兴起来，便去京都里抢来漂亮女子，任俺奴役使唤。玩腻后，喝光她的血，吃光她的肉，再去京都抢新人来。瞧瞧，俺这铁堡，都仔细瞧瞧，还有这铺着琉璃瓦、垂挂珠玉帘的宫殿，宏伟壮观，丝毫不逊于皇宫。内苑中亭台楼阁、四季百花，应有尽有，美景目不暇接。到得夜里，舒展四肢，躺卧锦床上，唤那些美貌少女来服侍，那种享受，千金不换啊！”

“嗯，嗯，真了不起！”六名武士虚与委蛇，表面上装出一副衷心钦服的模样，一面连声夸赞，一面轮流劝酒吞童子饮酒。

酒吞童子饮着美酒，醉意渐深，话语滔滔不绝。突然，他猛地一顿，面上浮起一片愁云，声调也低了下去：“俺现在虽说万事皆好，但仍有一件事提起就揪心。京都中有个叫赖光的武士，大名鼎鼎，据说可称是日本国第一勇士。更可惧的是，他还有五个得力的部下，叫啥纲、啥贞光、啥季武、什么金时，还有什么保昌来着，个个文武双全，让俺担了不少忧。”

酒吞童子停了停，仿佛想起什么往事，又狠狠地说道：“是去年春的事了。俺派了个年轻的副将，叫茨木童子的，去京都劫掠。哪知道在七条大道堀河边，撞上了那个啥纲。对了，是叫渡边纲。茨木急中生智，赶忙幻化成美貌女子，接近渡边纲，趁他不备时，一把抓住他的

发髻，借着夜色掩护，就要痛下杀手。孰料渡边纲身手敏捷，腰间还挂着赖光赐的名刀“髭切”。他见事态紧迫，急忙拔刀出鞘，反手一挥。刀锋锐利，寒光一闪，‘扑哧’一声将茨木童子抓着发髻的手臂砍了下来。茨木童子如果在七天内拿不回断臂，就会法力全失。后来俺耗尽心机，才在第七天将茨木童子的手臂弄了回来。如今回想，仍不觉恶向胆边生。打那以后，俺就少去京都了。都是那帮坏家伙害的。哼！”酒吞童子气鼓鼓地，恨声连连。

忽然，酒吞童子睁着大眼，在六名修验者身上来回扫视，道：“怎么俺突然觉得你们有些古怪呢？怎么你看起来挺像是赖光？身旁这个，怎么瞅着就像是砍断茨木童子手臂的渡边纲。其余几个，俺瞧着像是那啥贞光、啥季武、什么金时，还有什么保昌……嗯，错不了，俺眼光一向犀利，从来不会看错人。啊呀，坏事了，是敌人混进来了。儿郎们，小心提防，操家伙！”

在场的一众小鬼听了，个个凶相毕露，准备扑上来动武。

赖光眼见情势危急，为免横生枝节，连忙想法，要化解酒吞童子的疑心。他本就是能文能武的智将，此时灵机一动，镇静自若，哈哈笑道："酒吞童子大人，您说笑了。像我等区区几个修验者，哪里像日本第一勇士呢？什么赖光、什么渡边纲，这些人的名字，在下今日都是初次听闻。至于长相，那更是无从说起了。若非阁下方才言及，只怕一辈子都不知道有那些人哩。阁下将我等比作那些穷凶极恶的歹人，真令我等愤慨。身为修验者，为普度众生，我等于荒山野岭餐风宿露，无论有情无情①，一应救度，岂是恶徒可比？"

酒吞童子无言以对，犹豫起来。赖光为取得他的完全信任，说道："酒吞童子大人，请容许在下讲一个佛经故事。昔时，有位修行者叫宗风，他云游诸国，苦修佛法。某日，他在一条山间小径行走，忽闻下方深谷传来唱偈声，'诸行无常……'宗风好奇心起，便走到谷中一看，竟是个八头九足鬼，相貌极其凶狠。宗风近前问道，'方才所唱之偈，应该尚有下文，望能垂教。'那鬼道，'念给你听容易得很，但俺现在腹中饥饿，唯有吃过人肉，填饱肚子，才能教你。'宗风道，'无妨。只须将下文告知，我便能顿悟。然后你可将我吃了，绝不反悔。'鬼大喜，便将佛偈完整念道，'诸行无常，是生灭法；生灭灭已，寂灭为乐。'宗风听毕，欣然道，'多谢垂教。'遂主动让鬼吞吃了自己。后来，宗风重生，便是世尊释迦牟尼；那鬼转世，成了毘卢遮那佛。"

赖光讲完故事，又说道："我等修验道门人与宗风同为修行者，自也不惜肉体凡身。如果阁下欲取我等性命，望能效仿那恶鬼，传授我等些许佛偈，让我等临死前，也能顿悟佛法。"

这番话言辞恳切，毫无破绽。酒吞童子听了面色稍霁，对赖光道：

①有情无情：佛教术语，"有情"指一切有感情、意识的生命；"无情"指植物、微生物等有生机而无情识的生命。

"嗯,此话令俺豁然开朗。其实俺也知这铁堡,凡人到不了。只因对那帮武士耿耿于怀,所以一直惦记着。即便有美酒,也难以忘忧啊!"

说到这儿,酒吞童子已经变得客气起来,又道:"诸位所携美酒实在醇厚,把俺喝醉了,所以啰里啰唆地讲了一通不敬的话,诸位千万别见怪。俺天生皮肤就红,喝了酒更是血红血红的,瞧着就可怕。不过你们瞧着我可怕,我瞧着诸位也觉得可怕呢,哈哈!只是熟悉了以后,再瞅你们这帮修验者,还蛮中看的。哈哈哈!"他高兴得忘了刚才的顾虑,嘴里还哼起了小曲。

心结既解,酒吞童子放怀豪饮,酒到杯干,三神明的鬼毒酒浸透他的五脏六腑。渐渐地,酒意上涌,酒吞童子心神迷乱,手舞足蹈道:"儿郎们,此酒真是天下无双的美酒,俺喝得开心极了。尔等要好生伺候这几位修验者。来啊,起舞助兴!"

一名小鬼立即起身,正要起舞,赖光道:"且先干了这杯酒,再跳不迟。"说完,给坐成一排的小鬼们逐一敬酒。那些小鬼饮下鬼毒酒后,毒性也开始向五脏六腑蔓延。

起舞的小鬼,唤作石熊童子。他边跳边唱道:"京中有客来,迷途至深山,送来可口菜。"

六名武士听了,已知歌中之意,是打算拿他们当下酒菜。赖光再度起身,倒满一杯酒,递给石熊童子。渡边纲也随机应变,起身伴舞,口中唱道:"迎新辞旧岁,春风拂岩屋,吹折满树花。"此歌言外之意,是将武士们比作大风,吹到魔窟,扫荡恶鬼,令大鬼小鬼的头颅如风吹花瓣般落地。那些粗鲁的恶鬼,哪能听懂歌中含意,反而陶醉于优雅音律中,连声赞好。

终于,酒吞童子喝到烂醉如泥,再也支撑不住,遂说道:"儿郎们,这几位修验者就交给你们招待了。两位美人,替我好生陪客。"又对赖光等人说道:“诸位如果累了,也请自去休息,咱们明天再聊。”说完转身回返寝宫。

陪饮的其他恶鬼,包括酒吞童子四天王在内,见大王歇息去了,全都松懈下来。不一时,鬼毒酒药力发作,他们个个东倒西歪,沉睡过去,不省人事。

赖光见恶鬼们皆已醉倒,便问两位少女道:“二位是哪家的千金?”其中一个少女道:“家父是中纳言池田国方,我是他的独生爱女,前不久刚被那魔头抢来,双亲现在一定为我担忧死了。那魔头害得我难见天日、惨不堪言,望各位英雄救救小女子。”说完,泣下如雨。

赖光又问另一位少女:“那你呢?”少女答道:“家父乃吉田参议,自被那魔头强掳到此,生不如死。每日都只不过是苟延残喘,忍辱偷生。”她倾吐着内心的辛酸,也是泣不成声。

赖光听罢,劝道:“你们的种种苦难,我等均已知晓。长途跋涉至此,便是要解救你们脱难。望再忍耐一会儿,一到晚上,我等立即动手诛杀恶鬼,然后带你们回返京都,与日思夜想的双亲团聚。酒吞童子的寝室在何处?请带我们去!”

两位少女转悲为喜,欣然答应道:“当真是意外之喜啊!各位既是为救难而来,我们自当领路,带你们去那魔头的寝室。”

赖光见时机终于成熟,大为振奋,吩咐其他五名武士道:“诸位,整装备战!”言罢,自己先披上铠甲,头戴神明送的星甲盔,擎起宝刀“安纲童子切”,心中默诵南无八幡大菩萨。其他武士也披甲执剑,在两名少女引导下,悄悄向正殿深处潜去。

他们穿过几处敞轩阔阁,沿路把守的小鬼都已醉倒,没有任何盘问。众武士轻手轻脚从小鬼们的身体上跨过,来到正殿深处的一座石桥上。过桥后,只见眼前有座大宅,铁门紧闭,门上闩着一根大圆木。这圆木十分沉重,肉体凡躯休想移开。武士们从铁门的缝隙向内望,见宅中灯火通明,密密麻麻排列着十八般兵器,把座大宅都挤得窄了。

就在武士们对大圆木束手无策时,那三位分别来自三座神社的神明,及时出现了。他们向六名武士说道:“汝等历尽艰辛,终于来到此处,妙极。那酒吞童子的四肢,已被我们绑缚在床的四角上,此刻他已动弹不得。赖光负责斩他的头颅,其余五人分斩四肢与躯体,万不可弄错。”说完,轻吹一口气,那根大圆木登时落地。三位神明紧跟着也消失不见。

六位武士对神明相助感激不已。他们按神明的指引,走入宅中。里面正是酒吞童子的寝室。

此际,酒吞童子还不知四肢已被绑缚,正呼呼大睡。酒后的他现出了原形,形貌与之前全然不同:身长二丈有余,赤发倒竖,头上伸出两只犄角,满面是须,四肢大张,手脚似熊掌般肥厚。如此狰狞可怖的样貌,令人观之不寒而栗。

赖光走到酒吞童子的头颅边,其他武士也各自站好,围住四肢躯体。赖光手举“安纲童子切”,心中默祷:“三神明护佑,请助赖光诛妖除魔。”正要挥刀斩下,酒吞童子忽然苏醒,圆睁大眼骂道:“你做什么?混蛋,俺错信了你们几个修验者。”一面怒吼,一面想翻身而起。哪知手脚都已被铁锁绑缚在床的四角上,无法动弹。他只得大吼一声,如雷鸣震耳,惊天撼地。

赖光大喝一声,使尽全力,挥刀急斩而下。随着喊声寒光一闪,酒吞童子身首异处。然而鬼头虽然离开躯体,但依然不死,飞舞在空中,面现怒容,向赖光袭来,企图咬住赖光的脑袋。幸好赖光有星甲盔保护,挡住了飞来的鬼头。鬼头无计可施,只好飞到高空,远遁而没。

其他五名武士配合赖光，挥舞刀剑，将酒吞童子的四肢躯体斩为碎块。酒吞童子就此被灭。

武士们退出寝室，来到庭中，众多小鬼将他们团团围住。副将茨木童子越众而出，毫不畏惧，说道：“尔等杀死大王，岂能轻易走脱？”渡边纲见他凶狠，上前道：“手下败将，看我如何收拾你。”言罢拔刀扑上，奋力厮斗。双方拼死搏杀，刀来剑往，难分胜败。渡边纲力大无穷，号称具三百人之力，但茨木童子情急拼命，渡边纲渐渐难敌。赖光见他快要落败，觑个空当，疾冲至茨木童子身后，挥剑一斩，茨木童子头颅落地。

守城的矶岛童子、钟童子等十余名恶鬼，眼见茨木童子被杀，高声怒吼，悉数扑上。他们知大王既死，自身也难活命，故而舍命来战。

六名武士见众恶鬼已陷疯狂，笑道：“尔等倒也不失勇武。一齐上吧，这才显得出我等武艺高强！”于是各施绝技，奋力斩杀，如风卷残云，恶鬼们逐一丧命。至此大江山魔窟被彻底扫荡，武士们大功告成！

赖光向被掳的少女们喊道：“大家都出来吧！所有恶鬼都已消灭，无须再担惊受怕啦。”刚喊完，遭囚的少女们纷纷逃出，人人喜极而泣，朝着救了她们性命的六武士恭敬行礼道：“各位恩人，你们都是活菩萨啊！大恩大德，不知如何答谢！”凄清之景，令人怜惜。

赖光让少女们先行，自己率武士们断后，一齐离开魔窟。出来后，回首遥望，只见铁堡坐落群山间，雄伟巍峨，但也阴森可怖，使人望之生畏。

众人走在深谷小道上，谷中是累累白骨，万分恐怖。少女们战战兢兢，一眼都不敢望。谁知在白骨堆中，竟然还有人在呻吟。武士们仔细一看，是个十七八岁的少女，已失去了一只手臂，腿上的肉也被割去，只剩下白骨。

赖光急问道："那女子是谁家的？"被救少女中有人答道："那是堀河中将之女。"说完连忙跑入谷中，抱住中将之女，悲声道："姐姐，你真是不幸啊！方才这几位英雄，已将恶鬼尽数诛灭，我们可以回家和亲人团聚了。可你却奄奄一息，我们如何忍心丢下你一人啊？你把遗愿告诉我们，我们回京都后，一定转告中将和中将夫人。"

堀河中将之女听完，声如细蚊，叹息道："你们能回去，真让我羡慕。我重伤在身，好似朝露，顷刻间便要消散。这残缺之躯，若展露人前，当真羞煞人。我此刻心境，已悲凉至无法述说。请将我的头发割下一绺，带回京都，交给我的父母，作为纪念。还有这贴身的衣裳，请转交家母。虽然双亲见到我的头发和衣裳，会悲伤心痛，但这是我能留给他们的最后遗物了。请他们为我祈祷来世之福吧！家母身体不好，请你替我安慰她。好了，那位英雄，请给我一剑，让我了结这痛苦吧！"声音渐渐微弱，终于无声无息。如花般的美好生命，就此逝去。

众人强忍哀恸，终于走出大江山。他们正打算像来时那样，攀过一座又一座山峰、穿过一个又一个山谷时，却忽然发现未走多远，就已来到丹波国附近。这大概也是神明在帮忙吧。

赖光吩咐当地人道："请尽速备好车马，我等要护送这些名门千金回京。"丹波国国司闻报，赶忙亲自来迎，恭敬有礼。

少女们坐在车上，由武士们骑马护送，归返京都。消息一传十、十传百，很快就传遍京都全城。百姓们聚在道路两旁，连声赞叹，敬佩不已。中纳言池田国方的夫人望见女儿，大喊道："女儿啊，心肝宝贝，你终于回来啦！"冲上去一把抱住女儿，相拥而泣。身旁众人见了，也不禁纷纷落泪。

源赖光等六名武士入宫面圣，天皇大悦，重重地褒赏了他们。从此这六位勇士威名远震，妖怪闻风丧胆，京都一带的百姓生活又归于长久安定。

而天下第一武士源赖光更以其举世无双之风姿，赢得万民称颂，名动魔武两界，空前绝后！

瓜姬物语

古时，在大和国石上乡，有一对靠栽种甜瓜为生的老夫妻。他们成亲已经多年，却一直苦于无子，每天由早至晚，时刻都为此事唉声叹气：“哎，我俩都已年迈，有生之年想有个孩子，恐怕是没希望了。”这个念头长期占据他们的脑海，一想起来就烦恼不已。“神明啊，难道是因为我们前世造孽，今生才受无子之报？”他们反省、自责，却都无济于事。唯有日日虔诚拜神礼佛，祈求上天赐子。

某日，老两口下地干活。老爷爷望见田里有一个十分可爱的甜瓜，便对老奶奶说：“瞧，那甜瓜多漂亮，咱们要是有个孩子也像它那么漂亮，就心满意足啦。”

“嗯，这甜瓜的确很漂亮。”老奶奶应道。于是老两口拿来个小桶，将甜瓜装了进去。

两三天后，神明托梦给老爷爷，说：“这里有一个漂亮的绣球，你将它送给自己的孩子吧。”老奶奶也在同一晚梦见自己送了书箱给一个非常可爱的小女孩。老两口醒来后，彼此述说梦境，都说：“可能是我们盼孩子心切，这才日有所思、夜有所梦吧。”也没将梦放在心上。

过了数日，老两口又下地忙农活，老爷爷口渴，打算找一个熟透的甜瓜来吃，忽然记起小桶里还放着一个甜瓜。于是开桶取瓜，一瞧，那甜瓜已裂成了两半，一个小小的漂亮女孩，正散发着光芒，站在瓜中。

老爷爷和老奶奶惊讶异常，心想：“前几天做的那个梦，看来就是此事的先兆呀！”他们别提有多高兴了，小心翼翼地将小女孩捧回家，悉心养育。从此后，他们的日子过得快乐多了。

时光飞逝，小女孩渐渐长大，那样貌，妍姿俏丽、花容玉颜，十分讨人喜欢。

老两口瞧着眼里，乐在心里，可是又担心自己百年终老后，小女孩无人照料，难以过活。所以他们日夜祷告，希望小女孩能平安成年。

岁月匆匆，十四五年转眼即过，小女孩已经长成了亭亭玉立的少女。老两口亲切地叫她“瓜姬”。瓜姬肤白胜雪、桃腮杏面，眸含秋水、云髻雾鬟，再加上温柔文静，好似仙女下凡一般。

瓜姬芳名远播，尽人皆知。有位守护代[①]听说此事，便亲自书信一封，恳求老两口将瓜姬嫁给自己。老爷爷起先不允，以“小女尚幼”为名，拒绝了。但守护代心有不甘，不断去信求婚。老两口经不住他再三苦求，终于答复道：“承蒙大人高看小女，这桩婚事便如您所愿吧。”

---

①守护代：日本中世纪时期，守护的代官称为守护代。镰仓、室町时代，守护多半居于镰仓、室町，因此任国的事务委任代官代为执行。守护代多由有力家臣担任。

婚期渐近，老两口为嫁女而忙碌着。守护代也命人送来丰厚的聘礼。

然而意想不到的是，在老两口家附近，住着一个丑女——天探女[1]，她心怀妄念，打算骗走瓜姬，使自己嫁与守护代为妻。

婚嫁当天清晨，天探女变成守护代府邸的信使，蒙骗老两口说亲家有要事相邀，请他们速速前往。老两口临行前，对瓜姬千叮万嘱说："除非是我们回来，否则千万别开门。"

临近正午时，门外忽然有人敲门，唤道："孩子，开门，奶奶回来了。"瓜姬虽然觉得那声音不像是老奶奶，但仍然把门开了一条小缝，向外张望。只见一个陌生女子手捧鲜花，亲切地对自己说："这些美丽的花儿，是我采来送你的。请将门开大些，方便把花递给你。"瓜姬非常喜欢鲜花，于是将门稍微开大了些。陌生女子又说："再开大些吧，至少能让我的手伸进去。"瓜姬又拉大了门缝，哪知女子趁势将手伸进来，推开屋门，直闯入屋。她擒住瓜姬，带到野外，将瓜姬捆绑在一棵柿子树上，然后自己换上新娘的嫁衣，乔装成瓜姬模样，倒卧在床上。

守护代哪晓得中间已变生不测了呢？仍然派出浩浩荡荡的迎亲队伍，欢欢喜喜地来接新娘。众多武士穿着正装随行，排场相当大。假瓜姬低头上轿后，特别叮咛说："顺着大道直走便可，请留意不要走到柿子树那边。那里十分幽暗，令我畏惧。"迎亲众人听这声音颇显苍老，大感奇怪，却也不便发问。

此时已渐渐天黑，路面昏暗，迎亲队伍不熟路况，原先顺着大道直走，孰料迷了路，错走到了柿子树下。这时，不知何处传来少女的

①天探女：又名天邪鬼，日本传说中的一种妖怪，会模仿他人的外表及言行举止，或将他人的言行举止变成相反，借此作乱。

歌唱声，如莺啼婉转，似春鸟欢唱，令人闻之陶醉。轿里的天探女听了，急忙催促道：“春鸟啼鸣随处可闻，别听了，快赶路！”众人虽已听见她的催促，却依然一动不动。突然，鸟语声变成了人声，说道：

花轿抬来迎新娘，新娘却在树上缚。女鬼反于轿中坐，不可思议惹人疑。

迎亲众人惊讶万分，急将松明点燃，举起向柿子树上照去，发现树上果真绑缚着一个如花似玉的美人。“啊，是瓜姬，怎么回事？”大家慌忙将瓜姬从树上解救下来，又朝轿中仔细看去，穿着嫁衣的居然是个又老又丑的女鬼！大家合力将她拽出轿，请真新娘上轿，急急奔去守护代官邸完婚。

天探女在留守数人的押送下，来到大和国宇陀郡。众人将天探女的四肢全部折断，鲜血流了一地，天探女痛得在松林中打滚，挣扎了很久，最终消失不见。从此她再没在人间现身，世间安宁了许多。秋枫和春季的红花，据说都是天探女的血染红的。

守护代如愿以偿，和瓜姬成了亲。他们互敬互爱，幸福美满，还生了一个大胖儿子。所有人都羡慕他们，齐来祝贺。老两口的日子也越过越好，每天都十分开心。

这样的福分，世间少有啊！

草莽大将

古时，兵荒马乱，民不聊生。有兄弟三人，老大名叫太郎治，老二名叫次郎治，老三名叫三郎治，他们对射箭都十分感兴趣。虽然老父命他们住在山中开荒耕田，但他们只在每日午饭前干一会儿农活，吃完午饭后便专心引弓练箭。技艺越练越高，只要张开各自所制的称手长弓，一箭射出，即便是小飞虫也能射中。

"嘿，咱们的箭术真是出类拔萃。"

兄弟三人彼此夸赞，每天都把全副心思放在模仿武士习武和比箭上，渐渐地将农活荒废了。

春去夏尽，丹枫迎秋。由于兄弟三人对耕田毫不上心，所以入秋后几乎颗粒无收，老父为此又气又急。中秋这晚吃饭时，他对兄弟三人说：

"来，哥儿仨都把酒杯举起来，细听我说。你们成天弯弓搭箭，

难道打算去给领主当保镖？那可不成，领主一直都在欺压咱们穷人呢！可是一直像现在这样也不是办法。我给你们十年时间，你们现在就出发，随便去哪里，十年后每人都得带一身有用处的本领回来。今晚这顿饭，就当我为你们送行。”

于是兄弟三人推杯换盏，饱食一顿，喝得醉醺醺的，深更半夜仍在大呼小叫。待到拂晓鸡鸣，他们投杯停箸，郑重其事地对父亲说道：

“那我们就此告辞了！您老人家多保重身体！”说罢，三兄弟一起跪下，恭恭敬敬地给父亲磕了头。

他们带上各自称手的弓箭，离开了家乡。走啊走，腹中饥饿时，就射野鸡大雁、猎野兔麋鹿，在路旁用火烤了充饥。

走了一段路后，三兄弟来到一个岔路口。

太郎治道：“行了，就在此处分手吧！”

次郎治道：“嗯，那就在此各选一条路吧。”

三郎治听两位兄长说完后，脱下外衣，道：“我们今日在此起誓，绝不忘父亲大人的教诲，定要学到大本领，有益于世间。此心当永远光明磊落，如这袒露的胸怀般。”

太郎治与次郎治一齐点头称是，也将外衣脱下。他们将三件外衣藏于道旁一块大石碑下，并互相约定：“十年后的今天，再到此处相会。”

随后，太郎治选择向东、次郎治选择中间、三郎治选择向西，各奔前程。

先说向东而行的太郎治。他一路前行，时刻不忘父亲教诲，来到一座大城镇。进城后，只见数十名木匠正在造一栋华屋。他们得心应手地立起巨柱、架起横梁，将一座屋子造得画栋飞甍、丹楹刻桷，当真是神工天巧。太郎治看得如痴如醉，对木匠们的手艺十分佩服。

"好，决定了。我就当个木匠吧！总有一天，我会成为天下第一的木匠。"

于是太郎治便拜了木匠为师。

再说选择中间那条路的次郎治，也在反复思考着自己的前途。大哥和三弟的箭术都比自己强，应该会去当武士。但家乡那个领主的确可恶，父亲又一再叮嘱不要给那种人卖命，所以还是去学一件对百姓有益的本事吧。

他边走边想，不知不觉来到一个人烟稠密的市镇。远处传来有规律的叮叮当当声，震动耳膜。他寻声望去，原来是数十名铁匠在打铁。红红的炉火映着他们裸露的胸膛，泛出古铜色的光芒。镰刀、锄头、刀剑在铁匠的锤打下，一件件锻造而出。次郎治对铁匠们的手艺羡慕不已。

"好，决定了。我要当个铁匠，这行真了不起！总有一天，我会成为天下第一的铁匠。"

于是次郎治便拜了铁匠为师。

那么，三郎治又去了何方？学到了什么本领呢？时光飞逝，关于他的讯息，一直无人知晓。

樱花开了又谢，转眼已过去十年寒暑。

大哥太郎治信守十年之约，第一个回到当年三兄弟分手的岔路口。如今，他已经是一位知名的木匠，手下的徒弟有数百人之多。随后，二郎治也回到了岔路口。他现在的身份是一位著名铁匠，所传授的弟子也有数百人。兄弟相聚，分外亲热，拉手拍肩，彼此互贺学艺有成。

"二弟，你如今誉满天下，声名传到东部，我都知道了。"

"大哥，你也是名扬四海啊！'天下栋梁'的美称，我也知道了。"

“可是三弟去了何处？他的消息你知道么？”

“完全不知啊！他究竟去了哪里，干了些什么呢？”

就在两位兄长猜测弟弟的下落时，三郎治也回到了岔路口。他上身精赤，肌肉虬结，虎背熊腰，目光冰冷如利剑。

“三弟，你……”

“三弟，这十年中，你在何处？做些什么？”

三郎治冷冷地答道：“我落草当了草莽大将。”

“什么？你，你竟然当了强盗！唉！”

两位兄长惊得瞠目结舌，半晌说不出话来。

不过在这战争频仍的乱世，万事颠沛无常，三兄弟能在分别十年后，平安相聚，终归是件令人开心的事。他们一起走到路边的大石碑旁，准备掀开石碑，取出当年保存在碑下的外衣。十年前，三兄弟齐心协力，才能掀开大石碑。但今天，三郎治只用单手，就轻而易举地将大石碑掀开了。

“啊，不得了！”两位兄长惊呼。

这时，二三十步开外，忽然有条眼镜蛇向他们袭来。

“毒蛇！”太郎治刚喊出声，三郎治已飞起一块石头，正中眼镜蛇头部。眼镜蛇登时毙命。

“不愧是草莽大将啊！”两位兄长再度惊呼。

“我虽是草莽大将，但当年立誓所言时刻未忘，定会永远光明磊落，为民造福。”

“若果真如此，再好不过。”太郎治和次郎治异口同声道。

三兄弟欢欢喜喜，并肩还乡。

这时他们的母亲已经离开了人世，父亲也已满头白发，正孤身在屋门前清洗芋头，见三个儿子一同归来，高兴得热泪盈眶：

“孩子们，你们终于如期归来了。”

父子一道进屋，老父一面嘘寒问暖，一面取出清酒，为儿子们接风。

彼此劝酒，喝了一阵，父亲问道：

“你们在外头都学了啥本事？来，太郎治，你先说，再把你那本事当场演练演练。”

太郎治答道：“我学了木匠的手艺。”

说完，站起身，将家中的木料收集到手边，迅速地造出一间小木屋。技艺娴熟，手工精巧。

父亲看了，欢欣赞叹道：“这手艺好！木匠里头，你能算得上天下第一了。好得很啦！那么二郎治，你学到了啥本事？”

二郎治答道：“我学了铁匠的手艺。”

说完，找来废铁，在大哥方才造的小屋前生起红红的炉火，很快就打出一把镰刀、一柄锄头。那打铁声叮叮当当的，听起来十分悦耳。

父亲高兴地笑了，赞道：“嗯，这手艺也很好！铁匠里头，你能算得上世间第一了。了不起！那么三郎治，你学到了啥本事？”

三郎治大大咧咧地将酒一口喝干，答道：“我当了草莽大将！”

“什么？草莽大将？”父亲顿时怒形于色，骂道，“你这个混蛋，竟然当了强盗！太给我丢脸了，你滚，马上滚！”

两位兄长急忙劝父亲道：“您别生气，这年月即便落草为寇，也未必是坏事。三弟也可以劫富济贫，锄强扶弱。您不是叮咛我们，只要学的本领对老百姓有益就行么？”

“你们俩别替他狡辩。三郎治，你说，你这个强盗，能干啥好事？”

“父亲打算让我干什么，我就干什么！”

“我让你干什么，你都能办到？那……”辛苦一生的老父，低头

沉吟着，喃喃道：“其实，我很想要一匹马。咱们农民种地很难啊，要是有匹马，就能减轻劳累。”

父亲说完，抬头一看，三郎治早没了踪影。

“咦，三郎治人呢？”父亲和两位兄长呆住了。过了半晌，父亲长叹一口气，说：“这孩子的本事，挺神奇的。”

父子三人开始围绕三郎治聊了起来，过了没多久，一阵“嘚嘚嘚”的马蹄声由远处传来。眨眼间，三郎治骑着一匹骏马已奔到面前。这匹马不得了，身高八尺，龙脊骏骨，一望便知是上等良驹。三郎治身手矫捷，纵跃下马，对父亲道：“这是您要的马。还想要什么吗？”

父亲厉声问道：“这匹马从哪儿弄来的？”

三郎治从容答道：“领主的马厩。”

“你……”父亲一把夺过缰绳，拉着马朝三郎治来时的方向走去。

太郎治急道：“三弟，你怎么把领主的马给盗来了？他一定会追究的。”

二郎治也惶恐道：“三弟，领主的心狠手辣是出了名的，他若抓到你，会把你斩首的。这可如何是好？”

三郎治纵声大笑，对两位兄长道：

“大哥，你号称‘天下栋梁’，能对付得了领主吗？”

“这……”

“二哥，你身为技艺超群的铁匠，能对付得了领主吗？”

“这……”

“可是我却有办法对付领主。”

三郎治说完，径直入屋歇息。

黄昏时，父亲喘着粗气回到家中。

“三郎治在哪里？”

三郎治应了一声。

父亲在门口坐下，气喘吁吁地说：“那匹马，我牵去还给领主了。那领主心肠毒得很，别指望他会善罢甘休。这不，他给三郎治出了个难题。他说自己有个百宝箱，三郎治要是有本事把百宝箱盗到手，他就甘拜下风，情愿将百宝箱送给三郎治。否则的话，就要处死三郎治。孩子，你看咋办？那百宝箱能盗出来吗？”

三郎治一直懒洋洋地躺着，听父亲把事情说完，忽地翻身坐起，说道：“不是啥难事，我今晚就去把百宝箱盗出来。你们在家等着，明天天亮，就能见到我凯旋了。”

“你说得轻巧。领主的城堡里养着恶虎和野牛，还有不少武士，个个武艺高强。那匹名驹千里追风，你就算盗得来也跑不掉啊！虽然是草莽大将，怕也只能束手无策了。”

“那些都算不了什么。父亲，您别忧心了，领主想撒下香饵诱大鱼，我就给他来个将计就计。不过去之前，要请两位兄长帮帮忙。”

太郎治和二郎治毫不犹豫地就答应了，三弟让他们做什么都行。

三郎治请大哥砍来两根长竹竿，发挥木匠技艺，帮自己做一架长梯；请二哥发挥铁匠技艺，帮自己打一条能锁缚十余人的铁链。嘱托完，他转身进到厨房，闷声不响地准备自己的工具。

领主在城堡中布下天罗地网，打算以百宝箱为饵，诱杀三郎治。城堡的第一扇门，安排了两只吃人恶虎；第二扇门安排了两头凶狠的野牛；第三扇门布置了八名武艺高强的武士防守。此外，又在城堡各个角落燃起火把，明岗暗哨密布，只等三郎治前来送死。

领主的城堡中，点着数不清的火把，映得夜空亮如白昼。一更已过，不见三郎治；二更又过，仍不见三郎治。“瞧这阵势，他今晚应该不会来了。”八名武士已困得昏昏欲睡，放松了警惕，倒在地上打起了呼噜。但吃人恶虎和凶狠野牛，却毫无倦意，大睁着眼守在前两扇门前。

三更时，三郎治悄无声息地潜到城堡下。他腰别三把镰刀，背负一个大包袱，架起长梯，越过壕沟，登上城墙，来到第一扇门上方。他从大包袱中掏出一大块肉，用镰刀钩住，挂到一根高柱上，小声说：“老虎，老虎，快去吃肉。”

两只恶虎见到柱上的肉，争抢着跑到柱下，不断跃起，要吃那肉。但柱子很高，恶虎一直无法够着，于是不停地跳起身，没空去理会三郎治了。三郎治趁机通过第一扇门。

在第二扇门上方，三郎治又从大包袱中取出一袋豆子，高悬在门上，而后用镰刀将袋子钩破一个小洞，豆子缓缓撒下。他又小声说：“野牛，野牛，快去吃豆子。”

两只野牛抬头一看，大门上边有最爱吃的豆子，赶忙跑上前大嚼起来，也不去理会三郎治了。三郎治成功通过第二扇门。

三郎治蹑手蹑脚挨近第三扇门，八名人高马大的武士此刻都已打着呼噜睡熟。三郎治取出铁链，将他们的脚连锁在一起。

前面就是领主主宅的大门了，三郎治轻轻打开门，走入大宅。宅中一块巨石旁，拴着那匹千里追风的名驹，马鞍、马镫一应齐全。三郎治拿起一些草料，给马喂食，而后慢慢地卸下马鞍，放到巨石上。

“万事俱备，可以动手取百宝箱了。”

三郎治首先熄灭宅中火把，潜入内室。领主的夫人，正抱着婴孩沉睡。三郎治无声无息地将被褥掀起，把放在小几上的一碗糯米粥，抹到婴孩屁股上。接着，他悄悄摸进领主寝室。一对镶金的镂空灯笼，将屋内照得亮堂堂的。领主将头枕在百宝箱上，酣睡入梦。箱旁有把出鞘宝刀，寒光闪闪。

“嘿嘿，布置得倒挺周详。”三郎治眼珠一转，计上心来，拎起案上的茶壶，飞身上梁。他攀附梁上，将壶口对准领主嘴巴，慢慢地将水滴下去。领主被凉水滴在脸上，登时惊醒，骂道：

“死老鼠，竟敢尿我一脸。”

领主翻身抓起宝刀，四下寻找老鼠的踪影。三郎治飞速下梁，将百宝箱挟在腋下，疾步冲至屋外，来到巨石旁，将名驹缰绳解开，一跃上马，双腿用力一夹，策马而去。

领主回过神来，在寝室中大声叫嚷着：“来人，快来人，抓盗贼啊！”

领主夫人被叫嚷声惊醒，手一摸，只觉怀中婴儿的屁股黏黏糊糊的，她以为是孩子的粪便，急道：“哎呀，怎么又乱拉屎？”赶紧去取尿布为婴儿更换，对于盗贼也无心理会了。

领主挥舞宝刀，摸黑奔至巨石旁，要骑马去追，慌乱中跌了一跤，爬起身跨上马鞍，使劲夹了两下，要催马快跑。哪知马鞍先前已被三郎治卸下，安到了巨石上。领主黑灯瞎火地看不清，骑在了巨石上。他发觉后，恨声骂道：“浑蛋！”从石上跳下，奔向第三扇门，高声呼唤那八名武士：

“抓贼，快抓盗贼！”

八名武士一惊而醒，立即起身，谁知脚部已被铁链锁到一起，个个仰天跌倒。领主见到他们的狼狈相，只好气急败坏地冲向第二扇门。

可是，把守第二扇门的两只野牛，正津津有味地吃着豆子呢。

领主火冒三丈，把最后的希望寄托在第一扇门。可第一扇门的两只恶虎，这时还在不停跳跃着，要吃柱子上的肉呢。

拂晓时，天色微明，三郎治胯下骑着千里追风驹，返回家中。他放下百宝箱，笑着对父亲和两位兄长说：

“百宝箱到手啦，领主那匹名驹现在又是咱们的了。”

父亲惊喜交集，担心地呵斥道：

“你，你怎么把千里驹又盗来了？领主虽然答应咱们只要将百宝箱盗去，就承认你有本事，把百宝箱送你。但你也不能盗了他的宝马啊！这是要杀头的。”

“哈哈，如果怕死，就不当草莽大将了！我这次是替受欺压的百姓，教训教训这个坏领主。父亲、二位兄长，你们要是还需要什么，尽管对我说。”

“这……你……”

“父亲、大哥、二哥，好汉做事好汉当，领主要是来找麻烦，让他去山里找我吧！父母的养育之恩、二位兄长的教诲，我终身难忘。我会永远做一个光明磊落、有益于百姓的人。别了，请你们多多保重。这百宝箱就留给你们了。”

三郎治郑重地跪下，给父亲和两位哥哥磕了头，而后跨上千里追风驹，在豪爽的大笑声和名驹清脆的马蹄声中，向着朝霞绚丽的远方，飞驰而去……

螺蛳夫君

古时，有一对夫妻，给庄园主当牛做马，任劳任怨，辛苦了半辈子，却依然穷苦卑微。眼看着年过四旬，膝下仍无一子半女。夫妻俩日日犯愁，心想只要能有孩子，哪怕是只青蛙，或者是个螺蛳都可以。他们为此经常向龙王爷祷告。

某个炎夏的午后，骄阳似火，妻子在田间干农活。她一边在热气蒸腾的泥水中拔除杂草，一边用反复求恳了无数次的那句话，祷告道："龙王爷，求求您啦。不管怎样，赐一个孩子给俺传宗接代吧！哪怕是在田边跳来跳去的青蛙，或者像泥水里的螺蛳也可以啊！"

她刚刚祷告完，忽然腹中一阵剧痛，痛得她直不起腰来，只好拼命捂住肚子，回到家中。她本想忍一忍，哪知越痛越厉害，最后实在忍不住了，急得丈夫团团转。夫妻俩贫苦半生，有病从未买药，更别提请大夫了。最后丈夫只好去请隔壁的接生婆来瞧瞧。

接生婆进屋一看，吃了一惊，说道："这可不是生病，是要分娩啦。"夫妻俩出乎意料，也大吃一惊，一时间不知所措。忽然，丈夫恍然大悟，急忙跪倒在地，朝天叩谢道："多谢龙王爷赐子。求您保佑贱内顺利安产吧！"

仅仅过了片刻工夫，孩子就诞生了。令人讶异的是，竟然真的是个螺蛳。尽管如此，夫妻俩仍然觉得这是龙王爷显灵赐给他们的孩子，因此无论孩子怎样，都要开开心心地接受才对。

"即使是螺蛳，也是咱们的孩子啊！"

"嗯，而且是龙王爷赐的孩子。"

于是，夫妻俩小心翼翼地将螺蛳放入木碗中，倒进清水，而后摆到神龛上，精心养育。

一转眼二十年过去了。夫妻俩虽然百般关爱呵护，但螺蛳宝宝除了略微吃些食物外，就是不见长大。夫妻俩年过四旬才得子，二十年后的如今，他们都六十多岁了。

这天，老迈的父亲一面将上缴庄园主的年贡米勉力往马背上放，一面悲叹道："唉，真是穷人苦处多。即使龙王爷给咱赐了个儿子，可整整二十年了，螺蛳依旧是螺蛳，连一声'父亲、母亲'都不懂得叫。看来俺命中注定没有子孙福了。"

他话音刚落，就听到一个声音传来："父亲，今天缴米的活儿，就让我帮你去办吧！"

老父亲惊讶不已，急忙睁大眼睛，向四周搜寻。但仔细看了一遭，未见半个人影。只好问道："是谁在叫父亲？"

"是我，您的儿子——螺蛳。您养育了我二十年，现在我该做点事，来报答您啦。您就让我去缴米吧。"

天哪，整整二十年不发一言的螺蛳，今天竟然开口了，还说得这么流利。老父亲既惊又喜，慌忙将螺蛳从神龛上的木碗中取出，把他放到装米的马背上。老母亲闻声也跑到螺蛳旁边，高兴地问这问那。

螺蛳向双亲说道："爹、娘，我去送米了，很快就回来。哦吁，驾——"

螺蛳像一个成年人那样，娴熟地驾马离家。老父老母放心不下，紧跟其后。行出一段路后，螺蛳道："爹、娘，二老别担心，请回吧。我一定会平安送到的。"老两口眼见儿子马技娴熟，便停下脚步，目送他越行越远。只听见儿子"哦吁，驾——"的吆喝声遥遥传来，那匹马跃过水沟，跑过小桥，走上了大路。

螺蛳用嘹亮的嗓门唱起了谣曲：

马龄三岁，我年二十；

陡坡险路，如履平地。

高瘦的驽马和着谣曲声，晃着套在脖子上的马铃，叮叮当当的，迈着略显衰老的步伐，昂首向前。

道路上的行人都十分吃惊，议论道："真奇怪呀，那匹瘦马一定是某个穷农户的，但是谁在唱曲呢？"

这时，目送儿子离去的老两口，一直到望不见马的身影了，才转身回到家中。

"瞧他那驾马的本事，应该不会出问题，能平安将米送到大人家。"

"希望他别出意外啊！那可是龙王爷赐的孩子呢！"

老两口在家中不停向天膜拜，祈祷龙王爷保佑螺蛳顺利办完事。

螺蛳却满不在乎，驾马一路前行，遇上道路崎岖不平，就"哦吁"地吆喝着，赶着马绕道，终于来到了庄园主的府邸。

"喂，出来收年贡米啦。"螺蛳高声喊道。

庄园主宅中有几个男仆闻声走了出来，瞧了瞧，只有一匹马站在门口，不由奇怪道：“咦，刚才谁在叫唤？”

一个声音答道：“是我在叫唤。我是螺蛳。因为身体太小，所以无法卸货，真是对不住。有劳各位，帮我把米卸下来。另外，别压到我，把我放在走廊那边即可。”

男仆们认真看了看，见马脖子处有个螺蛳，就是这螺蛳在答话。霎时间，他们吓得魂飞魄散，急急忙忙逃入宅中，向庄园主喊道：“大人，大人，今天来送米的，竟然是个螺蛳！”

庄园主和宅中所有的仆人，全都跑到宅外，仔细打量螺蛳。螺蛳就是螺蛳，那样子和普通螺蛳也没什么不同，但竟然会说人话，这让庄园主吓得不轻。很久以前，他就听说龙王爷赐了个孩子给那对老农夫妻，但绝没想到的是，这个孩子是个螺蛳，而且还说人话，会帮人干活。庄园主打算和螺蛳好好谈谈，于是请螺蛳来到宅中，款待他吃饭。螺蛳如蚕食桑叶，慢慢地将米饭吃完，最后说道：“米饭味道甚好，还想喝点汤。”庄园主心中愈发惊奇，默思道：“这个螺蛳不简单，能说会道还聪明。我得想法子把他据为己有。可是那农夫虽然穷，但如此稀罕的宝贝，又岂会轻易拱手相让？”

他脑筋一转，说道：“螺蛳少爷，其实你父亲和我父亲、你祖父与我祖父，都是老交情了。咱们两家情谊深厚，向来不分彼此。所以我打算嫁一个女儿给你，不知你是否愿意？”

“庄园主大人，您说的当真？”

“当然！绝无虚言。我的两个女儿，任由你选一个。”

于是，螺蛳和庄园主订下了婚约。

与此同时，螺蛳的老父老母正在家中忧心忡忡：“天都黑了，怎么还不回来呀？会不会是出了意外受了伤呢？”

老两口急得团团转，正发愁时，螺蛳骑着马回来了。他用自豪的口吻，高兴地宣布道：“爹、娘，庄园主已经和我订下婚约，要把女儿嫁给我啦。”

老两口闻言哪里肯信，思来想去，认为一定是螺蛳听错了，于是请那位接生婆去帮忙再问问。

庄园主笑着对接生婆道：“此事并非虚言。只是尚未定下是哪个女儿出嫁，请在此稍候，我唤她们出来。”

庄园主对两个女儿说道：“我打算在你们俩中选一人嫁给螺蛳，你们看看，是姐姐去，还是妹妹去？”

姐姐一听，立时面色大变，怒道：“什么？堂堂庄园主千金，岂能嫁给螺蛳？我不去！”说完，一脚踢开坐垫，怒冲冲地走了。

庄园主“唉”了一声，扭头望向妹妹。妹妹诚恳地说道：“既然父亲大人已然订下婚约，绝不能失信，那就让我去吧！”

接生婆有了明确的回复，便赶回螺蛳家报喜。

成亲那天，由于螺蛳家境贫寒，又无亲戚，所以在场的只有老父、老母、接生婆，以及一位邻居老婆婆。尽管如此，婚礼依然温馨甜蜜，新郎新娘都觉得很幸福。

螺蛳能娶到这么一个比花还美的妻子，穷苦的家中登时亮堂起来。新媳妇虽说是庄园主的千金，却没有半分娇气。她孝顺二老、诚恳待人，大家都很喜欢她。每当她下地干活时，都把螺蛳夫君掖在腰带中，或者放到肩膀上。夫君虽然是螺蛳身，但由于是龙王爷所赐，因此无所不知。小夫妻俩在一起谈天说地，欢声笑语，生活倒也不觉得苦了。

不知不觉，春天将至，新媳妇要回门了。她和螺蛳商量，决定等过完四月初八药师如来庙会后回娘家。转眼到了四月，樱花灿烂、百鸟啼鸣，一连数日风和日丽。四月初八庙会这天，新媳妇掏出压箱底的新衣，打扮得美丽动人，前去逛庙会。那花容月貌，恐怕只有天仙才有。

打扮好后，她对螺蛳夫君说道："你和我一起去好吗？"

"也好。那你带上我吧。天清气朗，正适合外出赏景。"

于是，夫妻俩一起去逛庙会。

新媳妇与平常一样，将螺蛳掖在腰带中，边走边聊。路上的行人见到，都讶异道："呀，快瞧，那美貌女子有点不对劲啊，怎么自己跟自己说笑？是不是有疯病？太可怜了。"

小夫妻俩听到非议，也没放在心里。片刻后来到药师如来寺的第一个鸟居[1] 前，螺蛳说道："我有事要办，就不进去了，你自己去参拜吧。我在此处等你。"

新媳妇就将螺蛳放到田埂上，叮咛道："那你要多加小心哦，别叫乌鸦给吃了。我很快就回来。"说完，向寺庙正殿快步行去。

她参拜完药师如来，回到田埂旁，却不见了螺蛳夫君。这可把她急坏了，慌忙在周围寻找，但遍寻不获。她伤心极了，心想丈夫一定是被乌鸦叼去了，或者掉进水田了。为此，她又卷起裤脚，下田寻找。可这时候已是四月天，水田里有数不清的螺蛳，找起来很不容易。她将螺蛳逐一拾起，认真细看，没有一个是夫君。找了很久还找不到，她心中焦急，不由得小声唱道：

圆鼓鼓的夫君啊，

你是我的好心肝。

---

①鸟居：一种类似于中国牌坊的日式建筑，常设于通向神社的大道上或神社周围的木栅栏处。日本人认为鸟是人类灵魂的化身，其中有好的灵魂，也不乏肮脏的灵魂，不能让鸟接近神社，所以在各个神社的正门前二百米处建起"开"字形牌坊，名为鸟居。鸟在此居住，就不会飞入神社。

是不是傻乌鸦把你叼走了？

请你一定答应声。

她一边唱，一边不顾泥泞，从水田这头走到那头。泥水溅到她的头上、脸上、漂亮的新衣上，但一直找到日暮时分，仍然寻不见丈夫。逛完庙会回家的人们见到这幕情景，纷纷议论道：

“瞧，那女人看上去挺美的，没想到是个疯子。”

“是啊，是啊，可惜了。”

行人们唾沫横飞，指手画脚地从田埂旁走过。

新媳妇找到最后，实在是累坏了，忍不住泪下涕泣，心想夫君肯定是被乌鸦叼去当食物了。如此一来，自己活着也没意义了。于是她便想沉入泥田自尽。就在她双手合十，迈步向水田深处走去时，忽然身后传来一声：“你在做什么？”

啊，那是夫君的声音。新媳妇浑身颤抖，扭头一看，却哪里是夫君呢？原来是个俊朗的后生，站在自己身后。眼见并非夫君，新媳妇又要自沉。她悲哀地对那后生说道：“我的夫君不见了，我活着也没意义了，只好自尽，你别拦我。”

后生笑道：“哈哈，没认出来吧？我就是你的夫君啊！我是螺蛳。”

新媳妇垂着双手，默然不语，直愣愣地盯着那后生，将信将疑。

后生道：“多亏了你的真心，感动了龙王爷，让我由螺蛳变成了人身。我刚刚从龙王爷那儿道谢完回来，幸好赶得及阻止你自杀。”

这声音、这腔调，千真万确是螺蛳夫君啊！新媳妇狠狠地拧了拧自己，确定不是在梦中，随即“呜呜呜”地放声大哭。她流着泪，朝天叩首，拜谢了龙王爷，然后跟夫君回到家中。

老父老母见自家的儿媳妇和一个陌生的后生在一起，浑身满是泥水，一时不知所措。等问明缘由后，惊喜不已，立刻赶去庄园主府邸报信。庄园主也是大喜过望。

小夫妻俩在庄园主的帮助下，在镇里盖了座大宅，从此和和美美地生活着。螺蛳夫君勤劳能干，很快就成了当地人人皆知的富翁。

舌 切 雀

很久以前，在一个小山村里，住着一对老夫妻。老爷爷心地善良，老婆婆却性情乖僻。一天清晨，老爷爷拉开障子门，见到一只翅膀受伤的麻雀，跌落在门前台阶上。麻雀啪嗒、啪嗒地呼扇着翅膀，但已经飞不起来了。老爷爷急忙拾起麻雀，放在掌心里，帮它疗伤，又喂它食物吃。然后将麻雀放进一个小笼中，让它静静养伤。

在老爷爷的精心照料下，麻雀的伤经过一段时间，渐渐好了，活泼地在笼子里蹦来跳去。老爷爷打开笼子，说："雀儿、雀儿，你的伤已经好了，如果愿意的话，就飞回大山或者森林里去吧。"但麻雀却留了下来，对着老爷爷欢快地唱起了感激的歌。

从此以后，当朝阳在每天清晨将金光洒向山边时，麻雀就跳到屋檐上，唱起快乐的歌。老爷爷因为要早起干活，所以对麻雀的歌声十分喜欢。

可是，老婆婆却特别讨厌一大早就被麻雀吵醒。而且她对丈夫经常喂食物给麻雀吃，也很不乐意。因为家里穷，她担心麻雀把食物吃完了。其实，一只小小的麻雀，又能吃得了多少呢？

这天，老爷爷要去山上砍柴，临走前对老婆婆说：“别忘了给雀儿喂些吃的。”说完就走了。

老婆婆拿着衣裳去河边洗，洗了很长时间，忘记给麻雀喂食了。麻雀肚子饿极了，便飞到厨房，看到有一碗米糊。它实在饥饿难忍，就舔了一口，接着忍不住又舔了一口，一口接一口，最后竟把米糊全舔光了。

老婆婆回家后，见到盛米糊的碗竟然空了，再看看麻雀鼓起的肚子，登时明白了。她生气地骂道：“你这贪嘴的坏东西，我辛苦熬的米

糊，自己舍不得吃，你倒替我吃了个干净！”

本来就很不喜欢麻雀的老婆婆，盛怒之下，抓起剪刀，剪掉了麻雀的舌头。麻雀痛苦地从老婆婆手中挣脱出来，带着满嘴鲜血，哀号着飞逃出老爷爷的家。

黄昏时，老爷爷挑着柴回到家，一进门就问：“老婆子，我回来了。小麻雀去哪儿了？怎么没到门口迎接我呢？”

老婆婆余怒未消，愤恨地说：“那只该死的麻雀偷吃了我的米糊，我剪了它的舌头，把它赶走了。”

老爷爷又急又气，说：“偷吃一碗米糊就剪掉它的舌头，这么残忍

的事，你也做得出？真是太可怜了，我要去把麻雀找回来。”说完，他冲出家门，踏上寻找麻雀的路途。

可怜的小麻雀这时已飞回自己的巢。它再也无法唱歌了。

老爷爷翻山越岭，四处寻找麻雀，一面走，一面喊着：“雀儿，你在哪里？”他向每只从身边飞过的鸟儿询问：“你们知道断舌的麻雀住在哪里么？”向每只从身旁蹦过的兔子询问：“你们知道断舌的麻雀飞去哪里了吗？”

就这样边走边问，来到一座桥前。再往前该怎么走呢？

正在犹豫时，只见一只蝙蝠倒挂在树上打盹。老爷爷上前问道：“蝙蝠啊，你知道断舌的麻雀住在哪里么？”

“跨过这座桥，再攀上那座山。”蝙蝠回答完，又睡着了。

老爷爷跨过桥，攀上山，又走到了一个岔路口前，这回该怎么走呢？

这时他看见一只小田鼠在草丛中，便上前问道：“田鼠啊，你知道断舌的麻雀飞去哪里了吗？”

“翻下这座山，再穿过那片森林。”小田鼠答道。

于是老爷爷翻下山，穿过森林，来到一条小河边。有个马夫正提着木桶，为一匹高大的马刷洗。

老爷爷赶紧上前打听：“请问，您看见一只断了舌头的麻雀，飞过这里么？”

马夫斜眼瞧了瞧老爷爷，说：“看见过啊！那只麻雀真可怜，是你剪了它的舌头？”

老爷爷低着头，嗫嚅说：“其实……唉。我现在要去给它道歉。请告诉我，它飞去哪个方向了？”

马夫冷笑着说：“可以。但你要先把这只桶里的脏水喝了。”

为了找到麻雀，老爷爷二话不说，咕咚咕咚，将桶里的脏水全喝了。

马夫说："你往前走，前面有片草地，那里有个牛倌，你到了那里再问问他吧。"

老爷爷照马夫说的，来到了草地，果然有个牛倌在这里放牛。他又上前打听："请问，您知道一只断了舌头的麻雀，飞到哪里去了么？"

牛倌冷眼瞧着老爷爷，说："看见过啊！那只麻雀真可怜，是你剪了它的舌头？"

老爷爷再次低着头，嗫嚅说："其实……唉。我现在要去给它道歉。请告诉我，它飞到哪里去了？"

牛倌冷笑着说："可以。但你要先帮忙把牛喂饱。"

为了找到麻雀，老爷爷二话不说，埋头拔了很多草，把牛喂得饱饱的。

牛倌说："你再往前走一段，有一片竹林，那就是麻雀的家了。"

老爷爷十分高兴，急忙走向竹林，果然看见了雀巢。

"小麻雀，你在家吗？"

"它在呀！"雀爸爸和雀妈妈迎了出来。

老爷爷高兴地说："我可以看看它吗？"

雀爸爸和雀妈妈回答说："当然可以呀。可惜它现在无法说话了。"

老爷爷终于见到了小麻雀，他愧疚地说："雀儿，你受委屈了，是爷爷没照顾好你。我是来向你道歉的，请你原谅。"

小麻雀拼命摇头，似乎一点儿也不怪老爷爷。雀爸爸和雀妈妈说："您别内疚了，我们知道不是您的错。再说，当初也是您救了我们

的孩子啊。”

小麻雀飞到老爷爷面前，热情地把老爷爷领进家。雀爸爸和雀妈妈摆出了米饭、鱼肉和水芹，盛情招待客人。小麻雀还跳起了精彩的“雀舞”助兴。

用过晚餐，天色已黑，老爷爷道谢说：“多谢你们一家的热情款待，我该回去了。”

小麻雀取出两只竹篮，雀爸爸和雀妈妈说：

“请您选一只中意的竹篮，我们把它送给您。”

两只竹篮一大一小，大竹篮看上去装满了东西，沉甸甸地；而小竹篮看上去很轻。老爷爷心想，那只大篮子可不能拿，里面很可能装

了麻雀一家的全部家当。于是他说："我上了年纪啦，重物也拿不动，就拿小竹篮好了。"

老爷爷提着竹篮，翻山过桥，回到了家中。老婆婆见他带了一个竹篮回家，便凑上来看。老爷爷打开竹篮，眼前登时一片金光灿烂。原来小竹篮里装了一堆金币，还有一卷卷的丝绸。他十分高兴，说："雀儿拿了一大一小两只竹篮给我挑，我不愿多拿，所以拿了小竹篮回来，没想到里面竟有这样好的东西。"

一旁的老婆婆听了，立刻沉下脸，怒骂道："你这个蠢货，为什么不拿那个大竹篮？小竹篮里都装了这么多值钱货，大竹篮里该有多少宝贝啊！看来我要亲自跑一趟了。"

次日清晨,老婆婆也出门了。由于老爷爷已将路途怎么走告诉给她,所以她很顺利地找到了麻雀。

为了那个大竹篮,老婆婆假装愧疚地对小麻雀说:“雀儿啊,真是对不起,我不该剪了你的舌头。请你原谅我吧!”

小麻雀对老婆婆的虚伪很反感,但依然有礼貌地接待她,并摆出食物请她吃。等到老婆婆吃完要回家时,小麻雀一视同仁地取出一大一小两只竹篮,请老婆婆挑选。贪心的老婆婆当然选了那只沉甸甸的大竹篮。

大竹篮相当重,老婆婆提着它走在路上,气喘吁吁。更奇怪的是,大竹篮竟越来越重,压得老婆婆几乎走不动路了。她时不时停下来歇歇脚，累得筋疲力尽，终于在天黑透时，走到家附近。她暗暗琢磨着：“竹篮这么重，装的宝贝一定很多，我可不想分给那个糟老头子。嗯，就在这里打开吧。”

于是她迫不及待地打开大竹篮，想瞧瞧里面到底有什么“宝贝”。哪曾想竹篮里窜出一堆蛇、蜈蚣、蜥蜴、马蜂、蛤蟆等恶心的东西，令人毛骨悚然！接着又飞出许多奇形怪状的妖怪，张牙舞爪、龇牙咧嘴，把老婆婆骇得面色苍白、连声惨叫，慌忙一溜烟逃回家中。

老爷爷听她上气不接下气地说完事情经过，责备道：“那么可爱的小麻雀，你竟然剪了它的舌头，还要去找它索要大竹篮，真是太自私、太贪婪了。所以这是对你的惩罚啊！从今以后，你要爱护小动物，不能再贪心了。”